ゲーテはすべてを言った

鈴木結生

朝日新聞出版

ゲーテはすべてを言った

端書き

先頃、私は義父《ちち》・博把統一《ひろばとういち》の付き添いで、ドイツ・バイエルン州はオーバーアマガウ村の受難劇を観《み》て来た。統一が長年要職を歴任した日本ドイツ文学会から依頼を受けての取材旅行。といっても、間も無く定年を迎えようとする功労者に対し、ささやかな餞別《はなむけ》といった意味合いも多分にある仕事で、ＰＲ誌『独言《どつけん》』に何頁《ページ》でもいいから文章を書いて欲しい、との話であった。勿論《もちろん》、統一本人は至って真面目にこの仕事に取り組んでいたが、そうはいってもやはり久々のドイツ。二週間弱の滞在期間の隙間に細々としたプログラムを入れ込み、娘に旅の枝折《しおり》を織らせることまでして、楽しみにしているのが側から見ていて、よく判った。

恐らくこれで最後となる取材旅行の同行人に、統一が妻でも娘でもなく娘婿の私を選んだのは、私が予々《かねがね》ヨーロッパの宗教劇に並々ならぬ関心を抱いていて、それを度々口にするだけでなく、方々に書いていたせいもあったろうが、それより本当は、単に丁度いい話し相手が欲しかったのだと思う。成田からヘルシンキを経由して、十時にはフランクフルトに到着した。翌日の昼過ぎにはもう村まで行って、劇の稽古を見学させてもらう手筈だったから、その日は一寸《ちょっと》街を見て回るだけで、午後の早いうちからホテルの各々の部屋で身体を休めることにしたが、結局夜になったら統一から「自分の部屋に来て、酒を飲もう」と電話がかかってきた。

ワイン党の統一は、私が急ぎホテル近くで調達してきたビールには目もくれず、林檎酒《りんご》を口に含む程度だったが、併せて買ってきていたチーズとソーセージには手を伸ばしていた。明日からの旅程の確認と、日本にいる家族への連絡、私の最近の仕事に関する雑談などを一頻《ひとしき》り終えた後、私が「そういえば六年前にも、一緒にフランクフルトに来ましたね」と話を振った。何故、今までその話をしていなかったのかは分からない。あるいは、互いにいつの間にか無用な気遣いが働いていてのことだったか。しかし、一旦話し出してしまえば、自《おの》ずから思い出話に花は咲く。枝葉は伸び、新たな種も芽吹こう。

普段寡黙な義父には珍しく——林檎酒もきっと旨《うま》かったのだ——みるみる顔を紅潮させ、ドイツ旅行の話は果たして、「ゲーテはすべてを言った」なる言葉へと行き着いた。彼は言った。

「思い返してみれば、あの言葉が私の人生の示導動機《Leitmotiv》だった。私は事あるごとにあのジョークを思い出しては、他人を、世界を、何より自分自身を洒落《しゃれ》のめしたものだ。でもね、今になって確信するのだけれど、あれはやはり単なるジョークではなく、一種の天啓のようなものだったと思うよ」

そうして語り始めたのは、私も（そして恐らくは妻も）しっかりは聞いたことのない話。先のドイツ旅行の発端となった一連の騒動について。その話を私にするということは即ち、「書け」という指令なのか？　あるいは「書いてもいい」という許可なのか？　驚きつつこの機会を逃してはならない、との職業的直感が働いて、

「御義父《おとう》さん、折角ですから、録音させてもらってもいいですか？」

と尋ねたところ、彼ははにかみながらも首肯した。

それからは旅の間中、暇さえあれば、六年前の一件に関する統一の証言を済補《スマホ》で録《と》っていった。生まれつき御饒舌《おしゃべり》な私もこの時ばかりは聞き役に徹し、長年大学で教鞭《きょうべん》をとっていた統一は一人で喋《しゃべ》ることにかけては言うまでもなくプロフェッショナルであるから、素材は続々溜《た》まっていった。村に行ってからも、統一が受難劇の歴史や演出についてメモをとっている横で、私は専ら録音の書き起こしに熱中し、折角の受難劇の本番を見ている最中も、頭の片隅には義父の話を反芻《はんすう》していた。

訪独中に書き起こしは粗方済ませてしまって、帰国後、徐々に小説の形態へ——生憎《あいにく》、

私はそれ以外の書き方を知らない――整えていった。即ち、統一が「私」とか「僕」とか言っている部分についてはすべて「統一」ないし「彼」と置き換え、家族以外で存命の関係者の名前が出てくる場合はアルファベット表記か仮名に差し替えた。必要を感じる部分については適宜説明を挿入《さしい》れ、エピソードの順番を時系列順に並べた。最低限の事実確認と統一以外の登場人物（主にその妻と娘、時には私自身）の側からの意見の聞き取りもしないわけではなかったが、原則として統一の語った言葉そのままを文章化することを目指した。とはいえ、時には想像力を働かせ、勝手気儘《きまま》に創作した部分も少なからずあって、実際、書き終わった作品を仙台の実家に送付したところ、統一からの返信には、「楽しく読んだ」と好意的で仔細《しさい》な感想が述べられた上で、「私が私じゃないこと以外は全部本当の話だった」とあった。私はそれを本作への最大の御墨付と受け取り、こうして世に出す運びとした。そのため、本作を手に取る人の中には当然、博把統一の著作のファンも数多くおられることと思うが、そういった方々については、統一自身が既に発表している「未発見のゲーテ書簡について」(https://www.hakugei.site/backnumber/123) も併せて読まれることを強く勧める。本作の学術的記述に関し誤りがあれば、それはすべて作者の責任である。

最後に本作の執筆にあたり、何事につけ飽きっぽく忘れやすい作者が、物語の主題と構造を片時も見失うことのないよう、ノートPCの常に目に入る位置に貼り付けておいたゲーテの二つの言葉をここに書き写しておくとしよう（前者はトーマス・マンの講演からの孫引きだが、それはマンがゲーテの名言的性質と結び付けていることまで含めて、この句が私にとって重要な意味を持ったためである）。

われわれには、感じたこと、観察したこと、考えたこと、経験したこと、空想したこと、理性的なものと、できる限り直接に一致した言葉を見出そうとする、避けがたい日々新たな、根本的に真面目な努力がある。

（『箴言《しんげん》と省察』三八八）

自然界においては、色彩の全体性を具現しているような普遍的現象は、決して見ることはできない。完璧な美しさに満ちたこのような現象を見せてくれるのは実験である。しかし、この完全な色彩現象が円環をなしていると理解するためには、自分で紙に顔料を塗ってみるのが一番よい。

（『色彩論』教示編八一五）

I

博把《ひろば》徳歌《のりか》が、父・統一《とういち》と母・義子《あきこ》を郊外のイタリア料理店へ連れて行ったのは、十二月初めの火曜の晩のことである。その日は夫妻の結婚記念日で、しかも指折り数えてみれば銀婚式に当たるということが判明したため、娘が急ぎ祝筵《しゅくえん》を用意した次第。三田の自宅から店までの運転は彼女が担当した。統一は冬の夜の山路での徳歌の運転が危なっかしいので終始気が気でなかったのだが、やがて赤い屋根が見えてきて、その駐車場には「ROMA」という店名を樹の棒で綴《つづ》った看板が掛かっているのだった。店内の照明は仄《ほの》かで、平日の夜だったこともあってか客の入りは疎《まばら》だったが、かといってそこに物寂しさのようなものはない。夫婦は二十二歳になった一人娘が、個人経営の塾のアルバイトをして得た薄給からディナーを御馳走してくれるという、その気持ちだけでも充分感激していたのに、その店の料理の旨《うま》さにはもっと驚かされることになった。

父親は赤ワインを、娘はアペロールのソーダ割を頼み、帰りの運転を担当する母親はサンビテールで乾杯をした。乾杯の音頭はいつも通り父がとる。

「Trauben trägt der Weinstock!／Hörner der Ziegenbock;／Der Wein ist saftig, Holz die Reben,／Der hölzerne Tisch kann Wein auch geben.／Ein tiefer Blick in die Natur!／Hier ist ein Wunder, glaubet nur!」――この『ファウスト』からの引用は彼の学生時代からの十八番《おはこ》で、大学の教職員や学生を連れての宴席でも毎度これをやっているくらい。流石《さすが》に義子も徳歌も何となく覚えていて、最後のところなんか一寸《ちょっと》合唱みたいにもなった。前菜はビュッフェ形式で、カプレーゼ、ツナとわさび菜のサラダ、イワシのソテー、茄子《なす》ときのこのラザニア……と銘々取り皿に思い思いの品を盛ってきて、その彩りを競い合う。メインディッシュにはニョッキと仔羊《ひつじ》のカツレツを注文した。カツレツの上にこれでもかと載せられたトマトは何とも甘くて美味《おい》しい。統一は今年で六十三になるが、まだまだよく食べた。まして娘からの祝いだから尚更張り切った。

徳歌にはこの機会に両親の恋愛時代について話を聞き出そうという隠れた目論見があった。それでちょくちょく、「デートはどこに行った？」だとか、「ラブレターは書いた？」だとか尋ねてみるのだが、そういったことについてシャイな統一が答えるはずがないし、そんな夫の前では妻も何も言わない。娘と二人きりの時はそんな話をしないこともない――何ならつい先日もそんな話になったばかりだった――が、彼女にとっては夫との二十五年より、娘との二十二年の方が余程語り甲斐《がい》があった。途中、その日五歳になったという女の子の誕生日を店内の皆で祝った。そのことが、「あのくらいのときののりちゃんは、そりゃもう可愛くって、手もかからなくって、周りのお母さんたち皆から羨《うらや》ましがられて……」と義子の子供自慢に尚更拍車をかけた。統一は赤ワインを追加し、あくまで心地よくなりながら、妻が娘を褒めるのをただ聞いていた。

今や日本におけるゲーテ研究の第一人者とされる統一が、師である独文学者・芸亭學《うんていまなぶ》の次女と結婚したとき、彼はもう三十八になっていた。いよいよ不惑も射程に入り、「このまま独身を貫き、学問に身も心も捧げよう」と決心を固めかけていたところ、当時既に定年退官していたが相変わらず何かと世話を焼いてくれていた師からの、「これから教授としてやっていくつもりなら、やはり妻帯者でなくては……」との唐突な勧めは、まだ助教授になったばかりの統一の覚悟を呆気《あつけ》なく打ち崩してしまった。かくして紹介された義子は、どちらかというと強面《こわもて》な父親とは似ても似つかない可憐な容貌が、若い頃に師宅で見かけた少女時代の淡い面影は留めつつ、二十代後半の大人びた明朗さを確かに湛《たた》えて、統一の瞳の内から瞼《まぶた》の裏までを彼女の色で埋め尽くした。一方の義子はというと、かねてから実家に出入りのあった父の愛弟子のことをずっと慕っていたらしかった。娘の秘めたる恋心を妻から知らされた父は、常に家族より学問を優先してきた罪滅ぼしをするように、己の権威を濫用して、一種の政略結婚を成立させたというわけである（この辺の事情については、徳歌は両親よりむしろ母方の祖母及び伯母の話から理解を深めていた）。半年足らずの交際期間を経ての結婚式は、芸亭家が通っていて、學も長年執事を務めているルーテル派の教会で執り行われた。

あれから四半世紀が経《た》ったのだ、と統一は改めて思う。その間《かん》起こったことを並べ立てれば、それだけで「博把統一」という学者の経歴を満遍なく語ることになるだろう。結婚して間もなく、博士論文「ゲーテにおける世界の全一性について」（‘Über die Totalität der Welt bei Goethe’）を日本の一般読者向けに書き直した『ゲーテの夢――ジャムか？　サラダか？』がサントリー学芸賞を受賞し、統一の名は学界中に知られるところとなった。同年、水曜堂出版ゲーテ全集第一巻『ファウスト』の翻訳でバベル翻訳大賞を受賞。その訳文は、原文の重厚感を保ちつつ、学者の文章にありがちな閉塞感がないと専らの好評で、ゼロ年代の新訳ブームも手伝い、これ以降も次々ドイツ古典文学の翻訳を手掛け、彼の名は一般の文学読者層にも着実に広がっていった。新世紀に娘を授かり、無事、母校の助教授ともなった。三四門《さんしもん》出版「世界百科事典」の「ゲーテ」の項目を書き下ろし（これは同社の「ポケット文学大鑑」に於いても省略・転用されている）、ろごす書房「西洋古典文学精選」の編者にも名を連ねるなど、着実に実績を重ね、いよいよ教授となった。一昨年からは、日本ドイツ文学会の会長を務めている。統一は自分の人生を振り返って、「父の驢馬《ろば》をさがしにいって王国を見つけた」という『ヴィルヘルム・マイスター』の中の言葉を思い起こさずにはいられない。唯一心残りがあるとすれば、徳歌が統一の勤める大学に入学しなかったことくらい。でも、これを口にすると、妻が娘に小言を言い（例「徳歌は真面目に勉強してなかったもんね。音楽三昧で……」）、娘は母を介して父を攻撃する（例「パパだって、読書漬けで浪人したのに……」）ので差し控えるが。

食後には三人それぞれの選んだケーキ——統一は葡萄《ぶどう》のタルト、義子は栗のミルフィーユ、徳歌は苺の練り込まれたチーズケーキを食べる。それと併せて紅茶を飲むことにもなるが、何十種もの紅茶が並ぶ棚の中から、義子が選んできたアールグレイのティー・バッグを開いたとき、家族はそのタグの部分に何やら文字が刻まれているのに気が付いた。

「『Be strong, live happy and love, but first of all. ／Him whom to love is to obey, and keep. ／His great command.—John Milton』」娘が昨年までのロンドン留学中に入念に仕込まれたのであろう上等なクイーンズ（彼女が留学していた時はまだ）・イングリッシュで自分のタグに書かれた文字を読み上げる。「*Paradise Lost* ね。まぁ良い言葉だけど、些《ち》と長い。ママのは何て?」

英語の実力は中学のレベルですっかり止まってしまっている母は、既に皿の端に寄せてあるティー・バッグのタグだけを切り取り、娘に差し出した。

「『At the touch of love everyone becomes a poet』。お、プラトンですねえ。『愛に触れると、誰でも詩人になっちゃう』ってことよ。いいないいな、ね、ママ、私のと交換しましょ」

娘と妻が英詩の巨星と古代の大哲学者の言葉を交換し合うのを眺めながら、ああなるほど、愛に関する名言を集めたティー・バッグなんだ、と統一はすっかり酔いの回った頭でぼんやり思いながら、特段自分のものを確認しようとすることもない。そんな統一に、娘は当然、「パパのは?」と尋ねてくる。

「ん……」父親は娘に若干のコンプレックスを抱きながら、ドイツ訛りの(と彼は主張するが、実は単に学生時代から不得手なだけの)英語で読み上げた。「『Love does not confuse everything, but mixes』」

「誰の言葉ですか?」義子が尋ねる。統一はそれには答えず、ただタグを示すに留める。件の文章の下には、「Goethe」の字。

「わ!」妻と娘が顔を見合わせて驚いた。それから、「やっぱすごいねえ」と二人して散々統一をほめそやす。徳歌など調子よく、「パパ、ゲーテと赤い糸で結ばれているんだ」

と持ち上げた。これには統一も顔を赤くして、賛辞が行き過ぎて冷やかしめく前に、こらこら、と止めさせるが、内心まんざらでもなく、やはり私のゲーテへの愛は神もご承知らしい、と娘よりよほど大逸《だいそ》れたことを考えているのだった。このとき、彼の中で思い出されていたのは、二十三年前の新婚旅行中のとある出来事。

結婚してしばらくは前述の通り統一の仕事が何かと忙しく、二年越しのハネムーンとなった。すっかり所帯染みた新婚夫妻を中心に、妻側の両親・親族数名と學の教会のメンバーが加わり、図らずもミレニアム・イヤーで御祭りムードのイスラエルを、超教派のツアーに混じって巡《まわ》ったのだが、途中、ガリラヤ湖畔の店でピーターズ・フィッシュなるものを食うことになった。これは、イエスが一番弟子のペトロに魚を釣るよう命じ、その魚の口に挟まっていたデナリオン銀貨で税金を納めさせた、という福音書の記述に由来する名物。何せ名物なので、三十名ほどの巡礼者たちは全員同じものを注文した。果たして蓋を開けてみれば、學の教会の牧師とカトリックの神父、当時はまだ会社員をしていたのだが、既に神学校に行くことを考えていた學の弟・收《おさむ》の前に置かれた魚の口にだけ一シェケル硬貨が挟まっていたのである。これを見た統一は、なるほど運命に選ばれた人というのはいるもんだ、と素直に感心した(と同時に、自分はやはり献身とは縁遠い俗物のようだ、という思いを固くした)わけだが、よもやこの歳になって自分がそれに類する体験をするとは思わなんだ。何の謂《いわ》れもないティー・バッグであったとしても、やはり嬉《うれ》しいことは嬉しい。ウットリ「Goethe」という文字を見つめていると、娘が父親の手からタグを引ったくり、

「『愛はすべてを混乱させることなく、混ぜ合わせる』。そんな感じかしら?」とさらっと訳した。

「へぇ、いい言葉ねぇ」ドイツ語も英語も満足にできず、ましてミルトンにもプラトンにも最先《さつき》の前菜のポタージュに浮かんでいたクルトンほどに何の思い入れも持たない義子は、その言葉そのものに対してというよりは、恐らく英語を解する賢い娘と大学教授の夫のいる理想的な我が家に満足している様子で言った。「どこかで聞いたことあったような……」

「多分、『西東詩集』だろうとは思うんだがね」と統一は付け足しておく。専ら学識だけで妻子への威厳を保ってきた家父らしい、厳《いかめ》しい言い方で。しかし、確信は全くない。別にそれでよかった。どうせ、妻は交際している時分から何遍説明したところで『西東詩集』が何たるか覚えようとはしないし、結婚後にプレゼントした『Hermann und Dorothea』も、統一が翻訳し彼女に献《ささ》げた『親和力』も読んだのかどうかさえ分からない。多少話の分かる娘は娘で、小首を傾《かし》げながら、「英語の生硬さは翻訳だろうから仕方ないにしても……」などぶつぶつ呟《つぶや》いていて、結局、彼の言葉は誰にも聞かれず、虚空へ消え

失せていくのだから。

*

「ゲーテはすべてを言った」そんな言葉が統一の脳裏に忽然《こつぜん》と蘇ってくる。彼はそのジョークを、ドイツ東中部の大学都市イェーナに遊学していた時分、街外れの小高い丘の下宿で隣人となったヨハンという名の画学生から教わったのだった。太陽が葡萄茶《えびちや》色の屋根の連なりを染め上げ、涼しい風がベランダの洗濯物をパタパタ孕《はら》ませているのが見えた、一九八八年の夏の朝のことである。どういう文脈で、ヨハンがそんなことを言い出したかは全く覚えがないのに、その瞬間の情景と感覚は確かに記憶している（だから年号と時節は、後から思い出したものだ。町の景色が見えたということは、さしずめ二人はヨハンの方の部屋のベランダに出て、煙草でも吸いながら、夜通し話をしていたのだろう）。それは、やがて日本でゲーテの専門家として大成することを志していた当時の統一の耳には妙に予見的に聞こえ、やがて耳にこびりついて離れなくなった。

「ドイツ人はね」とヨハンは言った。「名言を引用するとき、それが誰の言った言葉か分からなかったり、実は自分が思い付いたと分かっている時でも、とりあえず『ゲーテ曰く』と付け加えておくんだ。何故なら、『ゲーテはすべてを言った』から」

何でもいいから試してみろ、と言われて、「ゲーテ曰く……」と若き統一はしばらく考え込んだ。限られたドイツ語の語彙《ごい》の中から、すぐ気の利いた文句を持ち出すのは難しく、やっと口をついて出たのは、「ゲーテ曰く、『ベンツよりホンダ』」

これを聞くや否や、ヨハンは腹を抱えて笑い出した。笑い過ぎた勢いででんぐり返しまでして、最終的には統一がドイツ語の日常会話を特訓してもらう返礼に伝授した座禅の格好に落ち着く。無論、統一に禅の心得などあろうはずもなく、ただ、ヨハンがしきりにその方法を聞きたがるので、口から出任せを教えてやったまでのことだった。しかしながら、このドイツ人はそれを真に受けて、「トーイチがあんまり面白いから、ゼンを組んで鎮めなきゃ仕方ないよ」と息を吸い、吐き、また吸って……と師匠の伝授してくれた作法を律儀に繰り返していた。

「流石にまずいんじゃないの?」と苦笑する統一に、

「いや、いけるいける。大体、ゲーテが何年前の人か分かっているドイツ人がどれだけいるかも定かじゃないんだから」とヨハンはまたゲゲゲと笑ってみせた。統一は隣人の似非《えせ》座禅を見つめながら、自分が日本の伝統文化について同様のことを行っているように、このドイツ人もまた幼気《いたいけ》な外国人に間違った知識を植え付けようとしているんじゃないかと疑ったが、次第に、いや案外そんなものかもしれない、何せ光源氏は源義経と一緒に平将門と戦ったと勘違いしている日本人もいたというくらいだから、といつだったか大学図書館の日本語新聞で読んだ話を思い出して、やがて自分でも無性に笑えてきたのだった。

それからというもの、統一とヨハンの間で、「ゲーテ曰く」と前置きしたり後付けしたりするのがお決まりのやり取りとなった。統一が古いドイツ語文献の読解に行き詰まっている際は、ヨハンが「大丈夫。ゲーテも言ってるよ。『神はスペイン語を、女はイタリア語を、男はフランス語を、馬はドイツ語を話す』。馬にできることが君にできないことはない」と励ましてくれたし、レストランでとんでもなく不味《まず》いローテグリュッツェが出てきた時に、「『朝食は皇帝のように、昼食は王のように、夕食は貧乏人のように食べる』。これはゲーテも言っていることだ」なんて互いに言い合って溜飲《りゅういん》を下げた。こうした「ゲーテ曰く」の濫用が、他人の「ゲーテ曰く」の信用性を損なったのはある意味、避け難い帰結というべきで、当時大統領だったヴァイツゼッカーが演説等でよくゲーテを引用するのをTVや新聞で見ていて何となくおかしかったし、授業中にある学生が「ゲーテ曰く、『芸術は限定において生ずる』」と発言したのに対しては、思わず眉に唾《つば》を塗った（後から、実際にゲーテが「芸術は限定において生ずる」と言っているのを、T・S・エリオットの引用で知った際は、かなりの羞恥と若干の罪悪感を覚えないわけにはいかなかったが）。

ベルリンの壁が崩壊した時には、「ゲーテは言った。『万歳、万歳、万歳！』」と二人で喜んだ。あのアパートに滞在したのは一年と少しのごく短い期間ではあったけれど、それだけでも確かに「ゲーテはすべてを言った」ような気がしてきたものだ。

その後、他のドイツ人に「ゲーテ曰く」を試してみることは何度かあったが、皆して「君は僕よりドイツに詳しい」と褒めてくれるばかりで、一向ジョークと受け取る気配はなかったから、やはりあれはドイツ人なら誰しも知る、というのではなくて、ヨハン自前のジョークだったのかもしれない。彼のような芸術家志望の若者が、自身の特殊性を普遍的な事実と喧伝《けんでん》する、あるいは錯覚するなんてことはよくあることだから。いずれにせよ、統一にとって、「ゲーテはすべてを言った」という言葉はまず、青春時代の遊戯の象徴のような、言うなれば魔法の呪《まじな》いのような意味合いを持っていたわけだ。が、一つの呪《まじな》いに頼り過ぎれば、その効能の薄れゆくは必至。

日本でゲーテの専門家として身を立ててからというもの、統一には当然、学生や同業者、ゲーテ好きの素人らと会話しながら、ゲーテの言葉を引用したり引用されたりすることが度々あったが、それらの引用元がすぐにピンとくることなどはせいぜい二回に一回というところだった。最初の内はその場で出典を尋ねたり、後から自分で調べたり、という手間を惜しまなかったが、度重なれば段々そうもいかなくなってくる。特に彼がゲーテ協会の理事となったり、学部長を務めたりするようになってくると、一応日本におけるゲーテ研究の第一人者で通っている自分が、「そんなこと言っていたっけ?」なんて尋ねでもしたら、引用した相手は色んな意味で気まずかろうし、たとえ何かしら悪趣味な——いわゆる漱石の「猫」における迷亭のような——魂胆で名言を引用するような人間に出くわしたとしても、そういう連中にはやはり無言で返してやることが一番の薬なのである。だから、統一はいつからか、ゲーテの言葉と聞くと、ごく軽やかな風を装って、きっとどこかで言っていたのだろう、いや、確かあの本で読んだかな、うん、読んだ気がする、と、うんうんやり過ごすようになっていた。あるいは彼自身、ふとした会話の最中についゲーテの威を借り自分の意見を通そうとしてしまうときもあった。その度に彼は、「ゲーテはすべてを言った」という言葉を苦々しく思い出し、それが何度も繰り返されるにつれ、思い出すことすら忘れた。魔法の呪《まじな》いは回り回って、今や統一の身を蝕む呪《のろ》いと化していた。

だからといって、統一はその呪《まじな》い、もとい呪《のろ》いに振り回されることは最早なかった。妻の目の前で取り乱すマクベスじゃあるまいし。そう思って、ティー・バッグのタグを自らの尻ポケットに突っ込み、もう大分温《ぬる》くなった紅茶を飲み干した。

娘に金を出させるつもりは端《はな》からなかったから、「そろそろ会計を」と妻の膝を突《つつ》いて合図を出す。しかし、そのタイミングで俄《にわ》かに娘が立ち上がり、紅茶棚の方へすたすた歩いていくと、先ほどと同種のアールグレイのティー・バッグを大量に持って帰ってきた(実はその間に彼女は勘定も済ませてきていたのだが)。そして、それらを次々開いていっては、逐一文句をつけ出す。「『The love you take is equal to the love you make. —Paul McCartney』? いやJohnの『Love is old, love is new. Love is all, love is you.』の方がいいけどなあ。ねぇ、パパ?」とか、「『Love conquers all things.—Virgil』? もう、そこはChaucerでしょー」とか何とか。その様子を見守りながら、統一は「PaulでもJohnでもいいが、こういった商業的利用は著作権に引っ掛からないのだろうか?」とかそんなことばかり考えていた。ゲーテのことなんてもうすっかり忘れて。結局、徳歌の調査によって、そのティー・バッグには少なくとも二十パターン以上の愛に関する名言が刻まれていることが判った。

「で、これ、どうするの?」卓上に溢《あふ》れたティー・バッグを見下ろして、呆《あき》れ顔に義子が言う。

「勿論《もちろん》全部飲みます。余りはスタッフが美味《おい》しくいただきました」と娘は何食わぬ顔で返す。

「まあ、朝の珈琲は当分お預けだな」

しかして、徳歌のハンドバッグに詰め込まれたティー・バッグは結局、一ヶ月後の木曜日、博把家のゴミ袋に詰め込まれ、回収され、燃やされることになる。

＊

帰宅後、徳歌は自室に直行し、身軽な格好に着替えて出てくると、「一寸走りに行ってくる」とさっさと外出してしまった。近頃急にダイエットの必要を訴え出した彼女は、毎晩欠かさずランニングに出掛けて中々帰ってこない。決してダイエットが必要な体型には見えないし、そういったことを気にする性格でもなかったはずだが、男親からそういうことに口を出すのは流石に気が引けるから、と統一は黙認している。しかし、これまた男親としては、こんなに遅くから一人娘が夜道をランニングすることに対する幾許《いくばく》かの恐怖感も拭い去れないのであった。そのことを以前妻に話したら、「大丈夫でしょ。あの娘《こ》、合気道やってたし」とまるで知らん顔をしていた。全く冷たいものだ。その妻はというと、既にリビングのＴＶのスクリーンに好きなYouTuberの動画を映し出して、それを観《み》ながら、黙々とハーバリウムを作っている。彼女の熱中しているYouTuberは、ドイツ人のガーデナー。それ以上のことを統一は知らないし、知ろうとも思わない。かつて実家の広い庭で何十種もの植物を育てていた妻は、今ではそのYouTuberに私淑して、小さな寄せ植えやテラリウムを作って、これをアリスやピーター・ラビットの世界に見立てることに楽しみを見出しているのだった。これを統一は、徳歌の出産のタイミングで、義父から勧められるままに高層マンションの一室を購入し、庭付きの家というかねてからの夫婦間の約束を反故《ほご》にした俺への当てつけだ、と受け止めている。先程まで愛の言葉を分かち合っていたはずの家族は、今や思い思いの趣味に没頭して、およそ三位一体とは程遠い。

間も無く統一も自身の書斎兼準寝室に退いた。革張りの背もたれの部分がすっかりボロボロに剝げた椅子に腰掛けると、尻ポケットの中に微《かす》かな感触。そういえば、と例のタグを取り出し、様々なメモが貼り付けてあるコルクボードにピンで刺しておいた。それから、デスク上に散らかる大量の文書を掻《か》き分け、推敲《すいこう》途中のゲラを手に取る。

それは、あるTV番組のためのテクストであった。「眠られぬ夜のために」というのが番組のタイトル。毎週土曜の深夜二十五時からの放送で、月毎に変わる課題図書について専門家が招かれ、読書好きなタレント数名に授業するという形式の三十分×四夜の番組だった。数年前に上梓《じょうし》してからというもの、学術書としてはまずまずのペースで版を重ね、昨年末に晴れて新書化した『七人のファウスト』で初めて統一のことを知ったという若い番組プロデューサーから直々に申し出があり、統一は来年四月の『ファウスト』回を担当することになっていた。統一の知人で、出演経験のある者の多くが、「比較的自由にやらせてもらえるし、編集の仕方にも好感が持てる」と言っていたのと、何よりその話が来たと話した時の娘の反応が比較的よかったのとで（「あー、あの夜帰ってきてたまたまつけたらやってる番組か！　面白いよね、見入っちゃう」とのこと）、彼はその依頼を快諾した。結構意気込んで書き上げたテクストは、挿絵や図解などふんだんに取り入れ、数回の番組サイドとのやり取りも経て、いよいよ最終稿の締切が迫りつつあった——収録は約二ヶ月後で、テクストの出版はその一ヶ月後である。既刊の自著をパラフレーズしただけで特段修正を必要としない最初の解説部（「悲劇か？　喜劇か？」から「『ファウスト』の成立と構造」まで）を飛ばし、p.24「考える人」から推敲に取り掛かる。

「それでは早速、物語の序盤から見ていきましょう。あらゆる学問を修めたファウスト博士は、自分の人生を振り返って嘆きながら言います。

ああ、俺はこれまで哲学や／法学それから医学／果ては役立たずの神学に至るまで／熱心に学び抜いてきたわけだが／この通り、相も変わらず／哀れで阿呆な昔のままだ。（354-358）

彼が長い学究人生で遂に知り得たことは、学問によっては何も知ることができない、ということだけでした。その手には、喜びも、尊厳も、金も財産も、名誉も権威も握られていません。そこで彼が頼ったのは魔法でした。彼は『この世界を奥の奥で統《す》べている何か』を見出したい、と願います。そうすれば、これ以上、空しい言葉を重ねる必要はないからです。ここで問題になっているのは、ヨーロッパ的知の行き詰まりでしょう。ヨーロッパには古来、プラトン主義とキリスト教という二つの思想的源泉がありますが、『世界の根底を支えるイデア』を索《もと》めるプラトン主義は、教会の一神教的な思考モデルに偽装され、あらゆる思想家がこの問題に答えを出そうと努めてきました。ベーコンの帰納法も、デカルトの普遍学も……スピノザ……」

しかし、目の前に広げたテクストに、統一は中々集中することができなかった。そもそも、今晩は仕事をするつもりはなかったのだ。だからといって、あのままリビングにいても、娘はいないし妻と話すこともこれといって思い付かない。それで結局仕事に逃げ込むしかないわけだが、何遍自分の文章に目を通しても、言葉がてんでバラバラに感じられて仕方がなかった。なるほど多くの単語があり、それぞれに役割があって並べられている。しかし一つの文字を他のところと取り替えたら、途端に全体の意味が通じなくなるだろう。しかし、だからといって、それら一つ一つの語彙が完全に必然性を持ってそこにあるとは、統一にはどうにも信じられなかった。具体的には、「物語の序盤」は「話の冒頭」でもいいし、「あらゆる学問」は「諸学」でもいいだろう、「言います」なんて「語っています」でも「こう独白します」でも何でもいい、大体最後の思想史めいた部分について自分は本当に熟慮したのか？……とこう考え始めたら全くキリがなかった。何より恐ろしいのは、これを書いていた数ヶ月前の自分はその必然性を確信していたということである。しかし、現時点の彼が信頼できるものは結局のところ、その数ヶ月前の自分だけなのも確かで、彼がよしとしたからには自分もよしと思えるだろう、と我慢して先を読み続ける。

「……ファウスト博士はふと、聖書の言葉を自分なりのドイツ語に訳してみようと思い付きます。選ばれたのは、ヨハネによる福音書一章一節にある『初めに言《ことば》があった』という聖句。ファウストはこの『言』という部分から躓《つまず》きます。本当に初めにあったのは『言』だろうか？　そこで、『初めに思いがあった』、『初めに力があった』と私訳していきます。そして、最終的には『初めに行為があった』を採用しました。ここに、これから始まる物語のすべてが詰まっていると言っても過言ではありません。元々、ファウストは学問＝言葉の人でした。しかし、言葉は彼に何も与えてくれなかった。そこで、これからは人間に可能なすべての『行為』を為してやろう、というのです。こういうのを文学の世界でファウスト的衝動ということがあります。後の文学者の多くがこのファウスト的衝動を主題とした作品を書いています。バイロンの『マンフレッド』、バルザックの『絶対の探究』、フロベールの『聖アントワーヌの誘惑』、そしてこれは畢竟《ひつきよう》、文学者の欲望自体がファウスト的であることを示しており、やがてマラルメは……」

ここで耐えきれなくなって顔を上げた。上半身に熱が溜《た》まり、目が回り出している。腹部に痛みを覚え、急ぎトイレへ駆け込む。数杯のワインがこんなに堪《こた》えるとは。俺の肉体も歳を重ねたものだ、と便座の上で自嘲しながら、「La chair est triste,《肉体は悲し》 hélas! et j'ai lu tous les livres《ああ、なべての本は読まれたり》」という詩がまず思い浮かんだ。結局、何を食ったところで全部一緒くたに出てきちまう、なんて考えながら尻を拭う。トイレを出て、玄関に目をやると、そこにはまだ娘の薄桃色のホカのランニング・シューズはなかった。

部屋に戻って、潔くマーフィー・ベッドを開き、その上に寝転がるが、眩暈《めまい》は益々非道くなるばかり。壁に掛けられたシェーデルの『世界年代記』とグーテンベルク聖書の揺籃印刷物《インキユナブラ》の零葉も、歴代の学生たちからの御礼状も、園児だった頃に娘が描いてくれた家族の肖像——そこでは、大量の本に囲まれた巨大な鰐《わに》が画面の下半分を占めていて、父はそれに立ち向かい、母と娘がそれを後ろから眺めている。家族の上にかなり太い虹がかかっていて、心理学者に見せたらそれなりに興味を示しそうな構図——も、本棚に収められた学生時代に韋《い》編三絶《へんさんぜつ》するほど読み込んだ文庫本の列も、平生「Publish or Perish」

の通念を批判しているにも拘らず結局数年に一冊のペースを守って出版してきた自著の列も、知り合いの研究者からの献呈本と書評を頼まれている本も、今年の誕生日に娘からプレゼントしてもらった丸谷才一とデイヴィッド・ロッジの小説も（いずれも未読。何がj'ai lu tous les livres《なべての本は読まれたり》！　むしろ、「数巻の書の読み残し」という方がいい。そういえば、もうすぐ漱石忌）、机の上のテクストも、来月の教授会の時までに目を通しておくべき資料も、コルクボードに突き刺さった途切れ途切れの思考の断片も、颱風《たいふう》さながら渦巻いていた。統一のあらゆる思い、力、行為の所産であるはずの言葉、言葉、言葉……しかし、彼は今、それらの内に新たな思いや力や行為の胎動を認められなかった。もしかしたら一度言葉にされた思いや力や行為は、ピンを刺され標本箱に整然と収まった蝶のように、二度と羽ばたくことはできないのではないか、とさえ彼は思いかけた。

「Das Wort erstirbt schon in der Feder《言葉は筆にかかるとすぐ死んでしまう》」。ああ、まただ。結局、俺はすべてを言葉にしないと気が済まない。蝶は花の間を飛び交い、蜜をやりとりしている姿こそ美しいのに。しかし、颱風には必ず目があるもの。あらゆる言葉は実はその一点に向かって吹き込んでいくに過ぎなかった。言葉の濁流に運ばれるがまま、統一は身体をもたげ、その静止点をアリアドネの糸のように摑《つか》み取り、引き抜いた。

Love does not confuse everything, but mixes. — Goethe

じっと見つめていると、そこに並んだ文字がどんどん浮き立ってくるのを感じた。小さなタグ越しに、世界が丸ごとぼやけて見える。

＊

この時、統一の心中で渦巻いていた昂奮とも不安ともつかない感情を詳《つまび》らかにするには、やはり彼の学者としての主張について軽くでも触れておく必要があるだろう。それを理解するための格好のテクストといえばやはり、一九九九年初版の彼にとって初めての単著『ゲーテの夢――ジャムか？　サラダか？』（百学館）になろうか。

「世界の多様性。それは世界の複雑性に直結している。この複雑性を豊富さととる人もいれば、難解さととる人もいる。豊富さととる人の中には、それを広げようとする人もいれば、自分たちのためだけにとっておこうとする人もいる。難解さととる人の中には、理解しようとする人もいれば、拒絶する人もいる。その対処からして、多様であって、複雑である。複雑さは決して混沌を意味しない。しかし混沌と見誤っても仕方のないほどのスピードで現代の情報社会は流動し、あれもこれも今すぐいっぺんに押し寄せる。それはほとんど、一個人のキャパシティを超えてしまっている。多くの場合、人々はそれに対し、反射的に畏怖こそすれ、あるがまま愛することは難しい。世界は多様である、という真理と同じくらい、世界はいかに一つであるべきか、という問いの出自は古い。その二つはいわば抱き合わせで、特に一神教をその基盤とする西洋的知性において、何度も繰り返し問われてきた。……そして、この多様性と統一性の問題について、ゲーテほど悩み抜き、書き残した人は他にいない」と書き出される本書には、ゲーテの二つの警句が重要なキーワードとして登場する。

世界は粥《かゆ》やジャムでできているのではない。固い食物を噛《か》まねばならない。
（「格言風に」より）

世界はいわばアンチョビ・サラダ。何もかも一緒くたに平らげねばならない。
（「比喩的およびエピグラム風に」より）

統一はこの二つの異なる世界観をそれぞれ、ジャム的とサラダ的と名付ける。曰く、ジャム的世界とは、すべてが一緒くたに融け合った状態、サラダ的世界とは、事物が個別の具象性を保ったまま一つの有機体をなしている状態を指す。こうした世界観の類型について、アメリカ社会における「坩堝《るつぼ》」と「サラダボウル」、日本的「和」と西洋的「全一」についてなどに触れた後、ゲーテの世界観の揺れについて、主に彼の文学作品及び、『色彩論』、世界文学理論等を引用しながら辿《たど》っていく。結論に至っては、『ファウスト』におけるメフィストフェレスの台詞《せりふ》、「まあ、聞いて下さい。私は数千年もの間／この世界という固い食物を噛み締めてきたが／揺籠から棺桶までの道程《みちのり》で／この古いパン種を消化《こな》せた奴などついぞいないのです／嘘《うそ》などつくものですか。この宇宙という御馳走を消化せるのは／ただ神あるのみだ」（1776-1781）を引きつつ、ゲーテは、人間はその限界性において、世界をサラダ的に理解し、かつ構成しなければならない、と考えながらも、ジャム的世界の理想を神に委託していた。「もしかしたら、その理想は詩的な次元の間《あわい》で見出されうるものかもしれない」と締め括《くく》る。

本書は発表当時、単なる学術書の枠内に留まらず、現代的な世界理解の視座を示す画期的な人文書としてかなり話題になった。既に多様性という言葉が氾濫し切った社会に生きる読者からすれば、いささか時代遅れに感じられる部分はあるに違いないが、ポストモダン・ブームが下火になる中、文学作品のテクスト読解に根差しつつ平易に語られる世界理解は、ジャンルを問わず多くの人々から受け入れられた。表紙に採用されたマグリットの「ヘーゲルの休日」の絵も、それに一役買ったと思われる。発表から一年後、このポンペイアン・レッド（という言い方に装丁家の某氏は拘っていたが）の表紙の本がまだまだ駅前の本屋の店頭に平積みされている中、EUが「多様の中の統一《In varietate concordia》」という標語《スローガン》を打ち出し、統一には更なる執筆依頼が舞い込んだ。また、当時物議を醸していた「チーズはどこへ消えた？」事件についても語ることになり、文庫化した際にはそれぞれに関する評論が追加されている。

ジャム的とサラダ的。このキーワードを統一はこの二十年の間、発展させ続けてきた。ただ本を書くだけでなく、たかが文学の研究者が口を出すことではない、と言われかねないことを危惧しつつ、国際情勢・文化問題について、社会学者や哲学者との対話も盛んに行った。幸い、大方の人間が、博把統一といえばジャムとサラダと覚えてくれて、話はスムーズにいく場合が多かった。統一が最も頻繁にメディアに露出していた頃は、ジャムではなくサラダを！　と主張する彼を、国民的アニメのキャラクターに比して、「サラダおじさん」と呼ぶ若者がいたくらい。尤もこれが親しみに見せかけた蔑みに過ぎないことは統一も重々承知していて、それでもなお、「サラダおじさん」を演じていたのであった。

しかしながら、ヨーロッパ的共同体性を核に据える統一の理論は、ブレグジット以降何かと旗色が悪く、昨今のウクライナ情勢はそれに追い討ちをかけるようであったのもまた事実。そんな中、最初こそ単なる御神籤《おみくじ》の大吉のように輝いていたが、段々「ゲーテはすべてを言った」という呪い《まじない》／呪い《のろい》の象徴かのように見え始めて打ち捨てた言葉が、統一の目の前に再び輝きを取り戻した。しかも、その輝きは一度目より眩《まばゆ》く、また妖しくもあった。

「Die Liebe verwirrt nicht alles, sondern vermischt es」統一は目の前のゲーテの名言をドイツ語に直訳し、試しに口にも出してみる。すると、途端にゲーテらしくないような気がして驚いた。とはいえ、これが本当にゲーテの言葉であったとしたら、十八、九世紀のドイツ語をいつかの誰かが英語へ直し、それをまた現代の日本人がドイツ語へ直しているのだから、当然といえば当然のことではある。

「愛はすべてを混淆《こんこう》せず、渾然《こんぜん》となす」と今度は日本語に直してみる。そうすると、一寸はゲーテらしくなったか。そのとき、統一の念頭にあるのは勿論、ジャム・サラダのこと。愛はすべての事物を、ジャム的に混淆せず、サラダ的に渾然となす、とファウスト博士のように私訳してもよい。しかし、mixをどうとるべきかは、まだそれほど自明ではない。「confuse」(混同)、言うなればジャム的統一への対立概念として、「mix」(混ぜる)をサラダ的統一と解釈したが、本当にそれでいいのか?

それはこの言葉の原文を探し当て、文脈の中で判断するより他なかった。もし、これが思った通りの言葉であるなら、これこそ我がゲーテ学の真髄を言い当てる至言である。しかし、そうでなければ……。いずれにせよ、統一はこの名言を単に、「ゲーテがすべてを言った」で片付けることはできない、と思ったのだった。

II

義子《あきこ》がもう起きているのが、リビングから廊下を伝って聞こえてくるグールドのゴルトベルク（無論、彼女にとって特別な思い出のある八一年の再録の方）で分かった。統一《とういち》はその旋律に起こされると、部屋の中をぐるり見回した。昨晩のことが嘘《うそ》のように、あらゆる言葉は確かな居場所を有し、ふと、オズの魔法使いのラスト・シーンのこと（無論、ジュディ・ガーランドの映画版の方）など思い出す。しかし、手元に握られた Love does not confuse everything, but mixes. — Goethe というタグを見て、よかった夢でない、と結構真剣に思った。寝間着のまま部屋から出ると、視線は自然玄関の方へと向かう。徳歌《のりか》のランニング・シューズはちゃんとそこにあった。いつ帰って来たのだろう？　自分が起きている間に玄関が開いたら、物音で気付いていたはずだ。そもそも自分はいつ寝てしまったのか？　リビングではグールドが第十三の変奏を終えるところだった。十分ずれている時計が六時三十九分を指していた。ということは、今は六時二十九分、もしくは四十九分。義子はベランダに出しているオリーブとハーブに水をやっている。「お早う」と声をかけると、「あら早起き」とこちらを向くが、目と手は相変わらず植物に集中したまま、「お早うございます」

「一寸《ちょっと》お腹が痛いみたいだ」と腹を摩《さす》りながら、ソファに座る。またすぐ眠りそうになる。

「昨日食べ過ぎていたもの」

「うん。それに飲み過ぎた」

「あとでジェルあげるから」

それから一時間ほど経《た》って（針自体の位置はずれていても、針が一周する時間はさほど変わらないはず）、統一はバターをたっぷり塗ったパンをトースターに入れ、それが焼き上がるまでの時間でスクランブル・エッグを作り、三人分の皿に並べていく。バターの香りに誘われて娘が目覚めてくる。そのタイミングで、珈琲も六杯分くらいをポットに作る――いつも夫婦が一杯ずつ、徳歌が二杯を飲む。残りはタンブラーに入れて、統一が職場に持っていく。ペーパー・フィルターをセットし、粉を入れ、湯を注ぐ、ここまで機械的にこなしていたから、そういえば昨晩、徳歌のティー・バッグを処理しないといけない、という話をしていたのだった、と思い出しても、時既に遅し。しかし、妻も娘もそのことを指摘することはなく、平然と珈琲を飲んでいた。

トーストには各々好きなジャムを塗る。録《と》り溜《た》めたNHKの番組をBGMに食事をしながら、家族は色々な話をする。母が「のりちゃん、今日バイトは？」と訊《き》けば、娘は「うん。夜は要らない」と答え、それを聞き終わらない内に、妻が夫に「パパ、これ。ちゃんと飲んでね」と腹痛に効果があるらしいジェルを手渡す。言われた通りそれを飲んで、統一は「のり。卒論どう？」と尋ねるが、それは父親というより大学教授の発言のようで、娘も娘というより文学科の一学生の顔になる。彼女の卒論のテーマは「二つの書物——ヨーロッパ文化における聖書と百科全書」というもの。ゼミの研究経過発表の時点で既に英文にして五万語に達する勢いで、担当教員Dを震え上がらせたほどだった。

「前半の一番の難所だった『聖書の世俗的パロディとしてのシェイクスピア全集』というのを一応は書き終えて、今はロマン派の聖書理解に関する資料を洗いざらい、って感じかな。最終的にはジョイスまでやるつもりだけど、間に合わないかも」と娘は現状と課題を端的に述べる。

「それまた随分と風呂敷を広げたね。やっぱりD先生の言っていた通り、テーマを引き締めた方がよかったんじゃない？」

「何を仰《おつしや》いますやら。パパの教育の成果です。あるいは成れの果て」と言って、娘は笑う。

これには統一も言い返せない。思い当たる節は幾らでも。しばしの沈黙をTVの情報が埋めてくれる。日本のサブ・カルチャーの歴史に関する番組。ちょうど九〇年代後半を扱っていて、統一の『ゲーテの夢』も一瞬その書影が登場した。有名なアニメ・シリーズと絡めて、神秘的な一体感を主張するジャム的、という流れ。「そんなこと言ったつもりじゃなかったんだけど」と思わないでもないが、そんなことを言い出せば、自分だってゲーテに同じことを言われかねない、と思って控える。徳歌はその番組を聴きながら、時々、机の上にあるペンを手に取ると、自分の手に何か書き付けている。これは彼女の幼少期からの記憶法で「Denn, was man schwarz auf weiß besitzt /Kann man getrost nach Hause tragen《何にしろ白い紙に黒い文字で書いておけば／安心して家に持ち帰れますから》」という『ファウスト』の学生を思い起こさせて、その行為自体はそれなりに微笑《ほほえ》ましい。しかし、紙ならいいが、娘のきめ細かで柔らかな肌に黒くて固いペン先が押し込まれ、跡を残す、というイメージはやはり痛々しくもあり、統一としてはなるべくならやめて欲しかった。

「そういえば」しばらくして、手背に沢山の戦利品を載せて、満足そうな徳歌は言った。

「パパ、昨日のゲーテの言葉、どこが出典か知ってるの?」

「うん?　ああ、そうね、探してみようと思ってるけど」

「分かったら教えて」

そこでちょうど番組が終わり、画面は録画された番組の一覧表に切り替わった。徳歌は自室へ駆け込んでいった。義子は皿を重ね、キッチンへ立った。TV画面の番組名の羅列よろしく取り残された統一も間もなく書斎へ向かう。ワイシャツに着替え、オレンジと紫の縞模様のネクタイを選び、例のタグを護符か何かのように済補《スマホ》のカバーに挟んで、家を出た。

自分の研究室に入ると、統一は早速デスクトップに「ゲーテ辞典《Goethe-Wörterbuch》」のサイトを立ち上げた。一四四巻からなる浩瀚《こうかん》なヴァイマル版全集を基に、ゲーテの約九万三千に及ぶ全語彙《ごい》を索引化するこのプロジェクトは、一九四六年にスタートし、現在、公開されているのは「schleifen（磨く）」まで。「verwirren（confuse）」も「vermischen（mix）」も検索できないので、統一はとりあえず「Liebe（愛）」と検索をかけてみるが、それは例えるなら聖書を開いて、「神」と検索するようなもの。余りに茫漠が過ぎて、これではとてもじゃないが探す気力が湧かない。次に「alle（すべて）」も試してみたが、これまた同じことだった。しばらく、他に思いつく訳語を探っていた。しかし、気が付けばもう講義の時刻になっていたので、慌ただしく研究室を飛び出す。

学生に向けてあーだこーだ話しながらも、統一の脳裡には例のタグのことがちらついて、講義の終わり頃には、やはり紙の全集を総当たりする他ない、今までもそうやって散々探し物を見出してきたじゃないか、との覚悟を固めるに至った。マンネリな授業、無駄な会議、学生との面談……と一仕事終えてからやっと研究室に帰ってくると、ひとまず自分が携わった水曜堂出版のゲーテ全集から数冊取り出してきた。昨晩の食事の席での自分の見立てにさして自信がなかった癖に、しかしそういった直感が最終的に研究の重要な指針となることもしばしば体験してきたから、まずは『西東詩集』の巻（これは全編、義父・學《まなぶ》が訳した）にあたりをつけて探り始める。

すべての独文学者が『ファウスト』を読んでいるわけではないように、すべてのゲーテ研究者がゲーテ全集を読み切っているわけでもあるまいが、学生時代、小林秀雄の全集読破の勧めを忠実に実行していた——逆に言えば、全集を読みたいと思わせるような作家でなければ無闇に手は出さなかった。そもそも全集の出ていない作家など論外視していた——統一は、自身にとって最大の著述家であるゲーテについても無論同様の方式を採用し、学部生時代には人文書院版のゲーテ全集全十二巻を頼りに、ハンブルク版を読み込んだものだった。特に人文書院版全集の第十二巻には、ヘッセ、ヴァレリー、エリオットら豪華十名によるゲーテ論が収録されており、これに統一は多大な影響を被っている。例えば、「あらゆることを知ろうとし、あらゆることを知らせてもらって、他人が偶然に持っている知識をわがものにしようとした……もっとも包括的な、もっとも全面的なディレッタント……総合的アマチュア」なるマンのゲーテ評は、未だに彼のゲーテ理解の巨大な岩石圏《プレート》を成しているし、十人の中で恐らく最もゲーテと遠かったヴァレリー（この詩人はフランス語の翻訳で『ファウスト』他、ゲーテの数作品を読んでいただけだった）の「ゲーテ頌《しょう》」からは特別な感銘を受けた。専門家には怖くてとても言えないようなことでもズケズケ言ってのける、素人かつ詩人である特権を生かした大胆な筆致。何度も読み返して、所々暗誦《あんしょう》できるくらいだった。これを捩《もじ》って、「ゲーテ抄《しょう》」というゲーテの解説集を作ってみたこともあるくらい――ちなみにこの本は統一の卒業後も、母校の独文科の虎の巻として後輩たちに代々継承され、やがて統一自身の首を絞めることになる。というのも、統一が五年の留学を切り上げ、専任講師として授業を受け持ち、試験問題を作るようになると、その結果がかなり良いので、最初は自分の教え方がいいおかげだと思っていたのだけれど、どれだけ難易度を高くしても同じような調子だったので、これはおかしいと思って調べてみたところ、彼の学生たちは皆、この「ゲーテ抄」で試験対策をしていたことが判明したのである。しかも、彼らは皆、その作者が統一であることを知らなかったので、カンニングとも言えず困った、ということがあったのだった――。無論、実際に研究に向かうに当たって、書簡、日記、自然研究論文なども参照する必要が出てきてからは、ミュンヘン版、フランクフルト版……と後から適宜読み加えていきもしたが。

しかし、こうした全集に対する信頼感もゲーテ研究の本場であるドイツに行ってからは脆《もろ》く崩れ去っていった。最初の留学時代に師事した、ゲーテ学の大家であるヴッツ教授は「活字など二次資料に過ぎない」として、ゲーテ自身の手稿、ゲーテ自身の蔵書を読むことを統一に厳命した。それは彼にとって、殆《ほとん》どコペルニクス的転回だった。今まで自分が読んできた全集というのはどれだけお粗末な代物だったのだろう、まして翻訳なんて……とそれからドイツ中の図書館・文書館・資料館の類を飛び回り、一日中コピー機の前で手を動かし、あるいは筆写し、これを鋏《はさみ》、糊《のり》、糸の三種の神器をお供に製本する毎日。しかし、こうした作業は際限なく、段々自分なりのゲーテ全集、あるいは(エッカーマンが自らの『対話』をそう呼称したように)「mein Goethe《私のゲーテ》」ということを考えるようになっていった。その一旦の結論が二十年前の水曜堂ゲーテ全集だったし、個人的には『ゲーテの夢』という本であったように思う。そしてそれらは結局、あの学部生時代に書いた「ゲーテ抄」の延長に他ならなかったのかもしれない。

研究室内の電灯が落とされるまで、夢中になって言葉を拾ったが、その間、統一の胸には、この全集を作っていた頃の思い出がとめどなく浮かび上がってきた。統一は師・學の推挙もあって、若くして、単なる一訳者としてだけでなく、編纂《へんさん》委員の末席に加わることとなったが、そこでの彼はまさに八面六臂《はちめんろっぴ》の大活躍をした。採用するテクスト・底本の選定や訳者の割り振りなど、何かと気を遣うことばかり押し付けられて、心身ともに擦り減ったが、何せ情熱に満ち、いくら働いても体がもった。まだ出版の経験に乏しく、見識も狭かったからこそ、自分の中での拘《こだわ》りもはっきりしていた——オレンジ色に統一された瀟洒《しょうしゃ》な表紙、各巻に通し番号をつけない、といった体裁上の拘りは、プロジェクトで終始受身に徹していた統一が唯一頑として譲らなかった点である。そんな統一の孤軍奮闘ぶりには、最初こそ彼を白眼視していた先輩学者たちも徐々に態度を改め、結局統一にゲーテ全集の花形とも言うべき『ファウスト』を譲ることに誰一人異議を唱えることはなかった。

件のフレーズこそ見つからなかったが、何度読んでも、芸亭學《うんてい》訳の『西東詩集』は見事だし、言葉探しは思わぬ発見が多かった。目当ての本を求めて古本屋を渡り歩いたり、文書館を梯子《はしご》した青春時代の感覚がフラッシュバックする瞬間も多々あった。今となっては本が見つからない、ということは別段ないが、言葉が見つからないということはまだあるのだ。いずれ、全世界のすべてのテクストが電子データ化されたら、そんなこともなくなってしまうのだろうか？　Google Books 的アレクサンドリア図書館のことを統一は想像する。だが、そんなすべてを網羅し共有された（かのように見える）空間が出来上がったところで、人々がやることは結局、自分なりの全集を編むことでしかないのだろう、と夜風に脳を曝《さら》しながら、考えた。

明くる日からも、暇を見つけてはゲーテ全集に向き合った。この作業を通して、例のTV番組用のテクストに書き加えるべきところを見つけることもあったから、これはれっきとした仕事である、と自分を納得させることもできた。今のところ一番近いのは、やはり『西東詩集』にある「今こそ、すべてはよきかな。どうかこのままであっておくれ！／私は今日愛という眼鏡を通して、世界を見ているのだ」であろうか。しかしなんとなく語感や字面が近いといってもまだ万葉集と百葉箱くらいの開きはあった。

＊

二週間足らずで、統一は水曜堂版ゲーテ全集を読み終えたが、かの言葉は見つからなかった。灯台下と思って、自分で訳した『ファウスト』を探すこともした。「全能なる愛は、よろずのものを創り成し、なべてのものをはぐくむ」(11872–11873)は、統一の解釈では、例の言葉に通じる思想であったが、しかしそのものズバリというわけでもない。最終的に最も接近したのは、「パーリアの感謝」にある「万巻の書に現れた／いかなる真理や寓意も／愛が帯の役を果たさなければ／所詮はすべてバベルの塔に過ぎない」という件《くだり》(これは昔、統一も引用したことがあった)。これで諦めてもよかった。が、済補《スマホ》を開くたびに見える英文が、違う、俺だ、俺を探せ、と喚《わめ》いて聞かない。あるいは、こいつはゲーテの言葉ではないかもしれない、という思いには不思議と至らなかった。まだまだ名言探しは面白く、次は英語版のゲーテ全集でも探してみるか、徳歌の英語の論文を読む前に勘を取り戻す意味でも。いや、今度こそ本腰を据えて、ミュンヘン版とフランクフルト版を見ていく方が早いかもしれない、などと浮《う》き憂《う》きしてきた。

大学教授の日頃の雑念は、授業中の雑談として昇華されるのが常である。この場合などはまさにそれで、統一は思わずこんな話をしていた（《西洋文学》の講義にて。学生の数は、学期末になると毎度のことであるが、最初の頃から大分減って、それでもまだ五十名ほど）。

「ちょっと休憩しましょうか。ときに、『ゲーテはすべてを言った』って言葉があるんだが、聞いたことある人はいる？　例えばね、君らが気に食わない奴に議論をふっかけられた時、『僕はあなたの意見には反対だけど、あなたがそれを主張する権利は命をかけて守る』と恰好付けたいとするね。あるいは結婚式のスピーチを頼まれて、『結婚すれば後悔するかもしれない。結婚しなければ必ず後悔する』と言って、一笑い取りたいとする。ちなみに一個目はヴォルテールの有名な言葉ね。もう一つは僕が考えて、義姉の結婚式で披露し、妻から『縁起でもない』と後で散々叱られた言葉（ここで数名の学生は笑う。本当に可笑《おか》しいというより、教授が身内話を出すときはジョークを言いたいのだと判断して笑うのである)。何となく、ソクラテスかキルケゴールかパスカルがそんなこと言っていたような気がしていたんだけど、そういえば全員漏れなく結婚に失敗してた(また笑う。教授が大思想家の名前を出すときは……以下同文)。こんなふうに名言を引用する時、その引用元に自信がない場合、あるいはそれを考えたのが実は自分であることが分かっているような場合でも、ドイツ人はとりあえずゲーテになすりつけるんです。何故なら『ゲーテはすべてを言った』から」

ここで統一は、教室の学生の顔を見渡す。何人が今の部分までついてきたろうか? 大体十五名と目算して、よしよし十分十分、と話し続ける。

「でも、ゲーテは本当にすべてを言ったのだろうか? どう思いますか? 正規の学問的手順を踏むなら、そもそも『すべて』とは何か、という定義から始める必要があるだろうね。あらゆる言語体系のあらゆる文字・記号の組み合わせ、人間に可能なあらゆる発音の組み合わせ、それを『すべて』と呼ぶならば、勿論《もちろん》、ゲーテのたった二十六億秒足らず、つまり八十二年ぽっちの人生では到底『すべて』を網羅することは不可能だったでしょう。一単語を一秒で休まず発音していっても、ドイツ語版 Wikipedia も読み切れない。そうでなくても、もっと現実的な想定として、いくら博覧強記のゲーテ先生といえど、何もアラビア語や中国語で『俺の尻を舐《な》めろ』と言い得たはずはないし、こんな（と言って、黒板に『dhcmrlchtaj』と書く）などという理論上可能でも常識的に不可解な発音をいちいち試してみていたはずもない。しかし、カフカがより現実的に言っている通り、『ゲーテはわれわれ人間に関するほとんどすべてを語っている』という意味において、『すべてを言った』とするならば、確かに『ゲーテはすべてを言った』のかもしれない。何せ彼は『ファウスト』の詩人、『ゲッツ』の劇作家、『ウェルテル』の小説家でした――つまりあらゆる文学的領域をマスターした最高の文学者であったばかりか、ニュートンに公然と反論した自然研究者であり、モーツァルトの天才を見抜いた音楽家、ナポレオンの方から握手を求められた政治家でもあったのだから（これらの必ずしも嘘ではないが明らかに詐欺まがいの惹句《じやつく》は、統一が他大学への出張授業や様々な講演でゲーテを紹介するときの鉄板ネタであるが、未だかつてジョークと分かって笑ってくれた人はいない。しかし、本学の学生は教授がこの話をするときは……）。時に矛盾するようなことも言った。むしろ、彼は常に相反する二つの言葉を言っておくことを心がけていたきらいすらある。それを彼はムスリムの哲学的慣習としているが、そのイスラーム趣味ないし東洋趣味は総じて、自分自身の西洋的なものに対する対立概念として見出していたものをそこに認めたというだけのことですからね。彼は何でも言える、ということを試していた。そのせいで、我々はどんな言葉でもゲーテが言ったような気がする。少なくとも、『ゲーテはそんなこと言ってない』とは言い切れない」

結局、何の話をしていたのだろうか、自分でも分からなくなってきて雑談を終え、本題に戻る。元来雑談というのはそういうもの。メモをとっている学生もいなそうだったし問題あるまい。

授業が終わると、数名の学生が話しかけてきて、その中に紙屋《かみや》綴喜《つづき》もいた。彼は一年の頃から統一の授業に出てきて、今は四年生。院に進むつもりらしいと聞いている。名前の不思議さといい、レポートの個性といい（オカルティズム全般に関心があるらしく、文献リストに上がるのはいつもF・イェイツだったりシュタイナーだったりユングだったりしたが、論理は明晰で、書き振りも好感が持てるものだった）、何かと気になる学生ではあった。しかし、レポートについてメールなどを介してやり取りをすることはあっても、彼の側から直接声をかけてくることは珍しい、というより初めてのことだった。

「先生」綴喜は緊張しているのか、妙に震えた声で言った。「実は卒業論文の件でお伺いしたいことがあるのですが、お時間ありますでしょうか?」

「えっと、君の担当は確か然《しかり》先生だったね?」と確認すると、

「はい。然先生に見ていただいたのですが、口頭試問の前に博把《ひろば》先生に一度見ておいても

らいなさい、と。僕も先生に是非見ていただきたかったものですから」と綴喜は答えた。

統一は然紀典《のりふみ》のことを考えた。あいつ、また妙なことを押し付けてきやがって。しかし、こちらもつい最近一つ頼み事をしたばかりなので無碍《むげ》にはできない。そもそも綴喜は興味深い学生だったから、押し付けられても特段嫌な気はしない。退職する教授や亡くなった作家の書庫の処分に呼ばれて、見たことがない資料や本をどっさり渡されても、全然嫌な気がしないのと同じこと。済補《スマホ》のカレンダー・アプリを開き、

「なるほど。分かりました。論文のデータと質問のリストを私のメールアドレス宛に送ってください。読んでから、話をしよう」と木曜の午後五時に約束をして、研究室に戻る。

それからはまたぞろ会議。大学教員の仕事の大部分は会議と事務手続きとその準備で埋め尽くされている。研究や教育のための時間はどこにある？　ここ数年でいよいよ非道くなってきた、十年前も同じことを言っていたけれど、あのときは今と比べたらまだ天国みたいなものだった、と皆して愚痴を言い合いながら、一向に具体策は打ち出せずにいる。でも、俺はもうじき引退するんだから、と統一としてもそうした議論に中々身が入らないというのは我ながら悲しい。とはいえ、自分より若い、これから働き盛りの連中が自分と同じように平然と構えている様には唖然《あぜん》としてしまう。

帰りがけ、研究室に寄ってＰＣを開くと、綴喜からのメールが届いていた。統一はその

データをプリント・アウトし、『七人のゲーテ』刊行記念に出版社が作ってくれたクリア・ファイルに入れ、帰りの電車内で読んだが、内容はあまり頭に入ってこなかった。家に帰ると娘の靴はない。統一は何か食事を考えているか、と妻に訊いて、まだ、と返答があったので、二人で近所のファミリー・レストランに行くことにした。話すことは専ら徳歌の進路のこと——彼女は今年卒業論文を書き始めてはいるが提出せずに留年することにしていた。就職活動に動き出すような気配は見えない。しかし、そんな話も、店まで歩いて、席をとるまでの時間の便《よすが》に過ぎず。それからは二人して黙々とハンバーグを食べ、時々統一が義子も知っている仕事上の知り合いの話をするくらいだった。

帰宅しても、徳歌はいない。妻は制作途中のテラリウムに駆け寄る。今、グリム童話のシリーズを作っているの、と彼女が言うので、一寸見せてもらうと、なるほど、沢山の人形がグリム童話の様々なエピソードを一つの花の下で演じているのだった。統一は結構感心したが、それはどこか、自分の学問的大事業の傍流として妻のささやかな娯楽がある、ということに対し安心しつつ感心する、といった風。実際、彼は妻が例の如くYouTuberの動画をTVに映し出すと、すぐ自室に下がって、綴喜の論文を読み始めた。

＊

木曜。統一の勤める大学で日本宗教芸術学会のシンポジウムが開かれた。統一にはさして関係ない会だったのだが、然の主題公演があるというので出掛けた。

大講堂に入ると、既にパネル・ディスカションは始まっていて、早くも白熱しかけている模様。パネラーは三名。然と、統一も一時期懇意にしていたアール・ブリュットの研究者Tと、K・Mというこれは統一が名前も顔も見たことがないような若い女性（専門はヴァールブルク学派らしいことが話から窺《うかが》えた）、それに司会は何とあのD——つまり徳歌の担当教官であった。壇上にはでかでかと「然紀典教授『神話力』刊行記念〜Bricolage, Smorgasbord, Mix」というテーマが掲げられている。ふうん、「Smorgasbord」か。これは統一も例のジャム的・サラダ的理論の一環で参照したことのある概念。それに「Mix」ときた。こういうことってある。然に頼んでいたものを受け取るついでだったが、その座組とテーマを見た時点で、来てよかった、と思った。

辺りを見渡し、顔見知りのD——司会のDとは別人。この人は統一と同じくゲーテの専門家、何でも首を突っ込むことにかけては統一に引けを取らず、どの学会のシンポジウムでも目撃情報があるのだが、まさかここにもいるとは——を見つけ、その隣に座る。挨拶がてら、小声で互いの近著を褒め合う。向こうはどうか知らないが、統一は謹呈された本は一応律儀に開いて見ることまではするたちだった。「しかし、よくこんなところまで」と統一が言うと、Dは「知人が出るんです」と笑ったが、彼にしてみれば誰も彼も知人のようなものだろう、と統一は思った。

「先生はやはり然先生の繋《つな》がりですかね？」Dは尋ねる。

「ええ、まあ」統一は微笑んで、然の方を見つめる。それから一時間ほどの間、Dは何度も耳打ちをしてきたが、それに対しては全部空返事で応対し、意識は壇上の話に集中しきりだった。

統一と然の親交は、まだ統一が院生で、然が学部の四年生だった頃に遡る。統一は師の學から、「ブレイクとゲーテ」という論文を書いて持って来た奴がいるので会ってみてくれ、と言われ、新宿の酒場「ごった煮」で初めて彼と会った。会って早々、然が統一の「ゲーテ抄」を読んでいたことを明かす。次いで、読んでいる本で共通しているものが多いということで（統一としては特にローゼンツヴァイクの話が通じる人間とは初めて会った）、すぐに意気投合し、そのとき統一は、「そういえば、エリオットだったと思うけれど、ブレイクとゲーテの肖像画を並べると同じような眼をしていた、と書いていたな」と教えてやったのだった。結局、そもそも無理があったのか「ブレイクとゲーテ」は上手くいかず、その代わり然は「曼荼羅《まんだら》的思考——ブレイクとエリオット」を提出し、優秀卒業論文に選ばれた。それはひとえに統一がエリオットを勧めてくれたおかげだった、と再び「ごった煮」で飲んだ際、彼は何度も礼を言った。しかし、この話は怪しい、と統一は今でも思っている。恐らく彼は統一と会った段階では既に、ブレイク・エリオット論に切り替えていたのではないか。あるいはそもそも、ゲーテとブレイクという題材自体が、統一を誘《おび》き寄せるための策だったのではないか。何故、そうする必要があったかは分からないけれど、そうでなければ、あのような濃密な論文を短期間で構成し直すというのはどうも考え難い。それくらいあの卒論は完成度が高く、後に然の第二著作『寛容は寛容《くつろげ》るか？』（知輪会）の第十五章「ある折衷主義者」、第二十一章「ある中道主義者」に分散・反映されている。

統一が然を単なる友人以上の存在と認めたのは、彼が院で文学から表象文化に軽やかな転身を遂げ、その博論が『やさしくはやさしいか？』という何とも意味深長な題で出版されたのを知ったときだった。当時、ドイツでの博論執筆に精神が磨耗していた統一は、母国での彼の活躍ぶりを聞くたびに焦燥に駆られ、最初こそこの著作を読むことは憚《はばか》られたのだが、いよいよ帰国し、「ごった煮」で再会する段になって、それを読んだ。彼の著作に溢《あふ》れる学術書らしからぬ人間味は統一の好みと合致していた。冊架図《チエツコリ》をモチーフとした、チャーミングな表紙も気に入った。自分でもこんなものを、と思っていたら、再会したその日の内に出版社との約束を取り付けてもらうことができ、博論の刊行に至った。それが例の『ゲーテの夢』である。以来、二人の交わりは一貫して良好だった。同僚となってからも、然は学内政治にはまるで無関心で、統一としてはいつまでも話し易いということでもあった。

『神話力』（新生社）はこの秋に出版された然の最新作。雑誌『思想手帖』に連載している「文化地図」シリーズを除けば、これで六冊目の単著となる（彼はその膨大な知識量の割には遅筆であった。素材の吟味。これは彼の数多い美点の一つである）。その成立には統一も少なからず、いやもしかしたら大いに、関与していた。というのも、その書物の構想――人類の神話を生み出す力とその現代的な意義について。これまで然の積み上げてきた理論の総決算としての一冊、とのことだったと記憶している――を打ち明けられた段階で、タイトルを提案したのは統一だったからである。勿論、ゲーテの『親和力』とかけたもの。もうかれこれ七、八年前のことになろうか。出版に際しては解説文も書き下ろし、それについて二、三の媒体から取材を受けたり、学内で対談を企画されたりもした。よって、この本の内容について統一は既に知悉《ちしつ》しているし、だからこそ、今日は来るまでもない、と思っていたところもある。しかし、一旦外側からこの本の話を聞いていると、もう一度読み直してみようか、という気も起きてきた。自著について語る然は流石《さすが》に他の登壇者らを圧倒していた。相変わらず、ディズニーでも万博でもRPGゲームでもアイドルでも何でもござれで、それらを鮮やかな手口で宗教現象に仕立て上げ、言語遊戯のワンダーランドに聴衆を引き込んでいった。TやDがしどろもどろになる中、唯一若いK・Mだけがそれにマイペースでついていっているようで、彼女が喋《しゃべ》るターンは聞いていいて安心していられた。

会が終わり、参加者がそれぞれの分科会に散っていく中、統一は隣席のDを見送ってから（彼は今日、一体幾つの分科会に出席するのだろう？）、「娘が世話になっております」と司会をしていた方のDに声をかけた。Dは見るからに恐縮しており、「いやいや、流石先生のお子さんで……」とそこで言葉を切る。一体後に何が続くのか。「教育の成果」？「成れの果て」？　彼女は分科会でも大役を任されているようで、荷物をまとめるや否や、そそくさとその場を立ち去った。

然と握手、労《ねぎら》う。その流れでTと微笑みを交わす。彼とはそれだけで十分。然は統一にK・Mを紹介した。聞けば、まだ学生（何と徳歌と同い年！）。然に見込まれて、初めての学会の参加が主題講演のパネラーという何とも恐ろしい話なのだった。彼女は「まさかここで博把教授にお会いできるなんて、光栄です。『ゲーテの夢』を大学入る前に読んで、感動しました」と少し恥ずかしそうに言った。それに対し、統一は彼女をなるべくはっきりとした語彙――「該博」とか「早熟」とか「才女」とか――で褒めた。それは自他問わず学問に携わる人間全員に厳しく接することを信条とする彼にしては珍しいことであった。しかし、やはり慣れていないからか、言葉が上滑りしているような気もしてならない。

それから、四人は噂《うわさ》話をする気になってきた。学者の世界での噂話の主題といえば、人事と金。色恋が抜けているだけで結局世にある雑談と同じである。それは多分、本来本題であるべきはずの学問の話をし出したら、何かとぶつからざるを得ないので、そうするより仕方ないからなのだ、と統一は分析する（それでも昔は手当たり次第ぶつかって、実際に身を削ってなんぼの世界だったが、今では、頭で戦うということに身体は必要ないと言わんばかり、皆お利口な口調と身振り手振りで、言葉だけ辛辣《しんらつ》に尖《とが》っている）。しかし、途中でTが抜け、三人になると、話題は急にK・Mの研究に転じて、「神は細部に宿る」というのは本当にヴァールブルクの言葉なのか、というところから、ゲーテの典拠のわからない名言のことにまでもつれ込んだ。

「しかし、名言というのは困ったものだねえ。本屋の名言集コーナーなんか見てると、大体出典が書いてないじゃない？　昨今大学教育の意味が問われているけれど、そういう得体の知れない言葉が世の中に跋扈《ばっこ》しているのを見ると、それだけでも大学教育というのは価値あるものに感じる」と統一は溜息混じりに言いながら、自分の済補《スマホ》に挟んであるタグを二人に見せ、事情を説明する。

然は「愛はすべてを混淆《こんこう》せず、渾然《こんぜん》となす」という統一の訳を仕切に誉めそやした。

「特に渾然というのはいいなぁ。渾という字は『渾《すべ》て』と送れるから、『渾て然り』とも読み替えられるわけだ。これは俺の座右の銘の一つ。勿論、全部が俺、と言いたいわけじゃないよ（とニヤリとK・Mの方を向いて）。博把先生の主張でいうところのサラダ的全一性ってとこか。しかし、『すべて』というよりむしろ『万有』とかいう方が俺の好みではあるけれど」

それから彼はまさか用意していたわけでもあるまいが、先ほどまでの名調子の冷めやらぬ様子で、滔々《とうとう》と見事な名言論を語ってくれたのだった（尤も、こういう博引旁証《ぼうしょう》のお喋りは、元から然の御家芸ではある）。

「名言については俺も何度か真剣に考えようとしたことがあります。例えばそうね、『不条理なるがゆえに我信ず』っていうテルトゥリアヌスの名言。一度聞いたら忘れられない名言だけど――と前置きすると、実際にそう感じて、忘れない学生が多いんだよ。ソースは俺の授業――、あれ、実際にはテルトゥリアヌスはそんなこと言ってなくって、『神の子は死んだ。これはどうしても信じなければならない。何故ならそれは無意味だから。そして彼は墓に葬られ復活した。この事実は確かだ。何故ならそれは不可能だから』と言ったんだけど、これじゃあ、いいこと言ってるったっていくらなんでも長いから、覚えやすく縮めて、『不条理なるがゆえに我信ず』となって流布したんだな。今じゃ、これなしにはテルトゥリアヌスなんて誰も知らないってくらい、代名詞化してしまってるけど。こういう要約型の名言はかなり多い。そして、要約型名言では大抵、元の言葉の複雑な意味が単純化して、ともすれば意味が反転してしまうこともある。フロストの『Two roads diverged in a wood, and I —／I took the one less traveled by,／and that has made all the difference』とかね、あれは詩を全部読まないと本当の意味は分からないよ」

統一はフロストの詩の本当の意味というのが判らなかったが、K・Mが頷《うなず》いているので聞き流す。

「まぁ兎《と》も角《かく》さ、名言って一言でいったって、そりゃ色んな型《タイプ》があります。次はそうだな、伝承型名言とでも言いましょうか。これで一番分かりやすいのは、『神は無限の球体』ってやつね。あれなんて、パスカルもラブレーもブルーノも言ってるけど、やっぱり一番最初はクザーヌスだろうね。ただ、クザーヌスにしたってこれは昔ながらのフレーズを取り上げただけと言っている。これと良く似た例としては、ニュートンで有名な『巨人の肩に乗って』ってやつ——けだし名言ですな、自己言及的ですらある——これはベルナルドゥスが言ったとされていて、コールリッジも使っている。もう擦《こす》られ過ぎて、元ネタがどこにあるか知れたもんじゃない。まぁ、デカルトが『我思う故に我あり』と言ったのも、クザーヌスの『神の照覧あるが故に我在るなり』を反転させただけだから、案外これに当たるかもしれません。あと、最後のは仮託型ね。『たとえ明日世界が終わっても私は林檎《りんご》の樹を植えよう』、あれってルターじゃないらしい、そういう本を読んだことある。マリー・アントワネットの『パンがなければ云々』ってのもそう。どうやらルソーの『告白』にあるエピソードが嫌われ者の王妃と結びついちゃったそうだ。ヴォルテールの『私はあなたの言うことに反対だが、あなたがそれを言う権利は命をかけて守る』とか、伝記作家の創作だしね（え、そうなの？　と件の名言を度々引用してきた統一は内心驚くが、顔には出さない）。正直、この型《タイプ》が一番多いんじゃないかな。聖書なんて、その際たる例でしょう？　旧約は殆どモーセかソロモン王が、新約はイエスかパウロかが言ったことになってさ。作者が限られている方が安心するんですよ、人間って。それに、誰もが知っている偉人かエピソードに言葉をくっつけたい、というのもある。いつだったか、うちの近所にある寺の門前に、『愛の反対は無関心——マザー・テレサ』って貼ってあって、笑ったなぁ。まぁ、抹香臭さを打ち消そうとの魂胆だろうが、あるいは真面目に宗教多元論に根差していたのかもしれないが、これはエリ・ヴィーゼルっていう人の言葉。でも、マザー・テレサが言ったことにした方がいいもんね。あとニーバーの祈りとか、フランチェスコの平和の祈りとか諸々……いや失礼。話し過ぎた」

「全然いいよ」統一は個々の事例についてメモこそとらなかったが、然の今挙げた三つの名言の型《パターン》（要約型・伝承型・仮託型）については記憶に留めておく。すぐに記憶できる理論というのは大抵現実の複雑性に対し誤謬《ごびゅう》を含んではいるものの、理論としては一応優れていることが多い。「単純なものは常に虚偽だ。単純ならざるものは役に立たない」というヴァレリーの言をわざわざ持ち出すまでもなく、勿論、統一のジャム的・サラダ的も然り。「『ゲーテはすべてを言った』なんて言い回しも、案外、仮託型の極致かねぇ」

然は嬉《うれ》しそうに頷いて、

「そうそう。最先《さっき》の聖書に話を戻すと、コヘレトの言葉では、『コヘレトは多くの格言を研究、編集した。賢者の言葉はすべて、突き棒や釘。ただひとりの牧者に由来し、収集家が編集した』なんて言ってる。いわば、この『ただひとりの牧者』というやつが、ユダヤ教ではモーセ、キリスト教ではイエスだったのが、近代ドイツでは、博把先生のゲーテ御大ということになるのかも」

教会からは足が遠のいて久しいが、一応、西洋文学に携わる者として、何かと聖書に触れることになる統一はすぐ、その先の文句まで思い出すことができた。「書物はいくら記してもきりがない。学びすぎれば体が疲れる。すべてに耳を傾けて得た結論……」、はて続きは何だったかな？　それにしても、なるほどコヘレトねぇ。ゲーテも好きでその中のフレーズをタイトルにした詩まで作っている。

「ナポレオンの『吾輩の辞書に』はどれに当たるでしょうね？」と、ここでこれまでじっと黙って聞いていたK・Mが口を開いた。先程までの壇上での振る舞い同様、内的必然性のある言葉だけを掻《か》い摘《つま》んでいる感じがあって好感が持てる。と同時に、そんなに言葉を選《え》り好みしていたら学者としては苦労するだろう、とまさかそんな助言はできるはずもなかったが、思わないこともない。

これには然もはたと困って、「うん、伝承型、ではないだろうしね。多分、要約型？や、まぁ何にでも例外というものはある」

「しかし、代表格が例外だと、説得力に欠けるね」と統一は笑う。K・Mは自分の純粋な疑問が、然の理論の黄金比を呆気《あつけ》なく崩したことに驚き、弁明しようとするが、それは然が制して、「いや、確かに。また考え直してきます」と言った。絶えざる自己批判——専門への知ったかぶりと専門外への知らん振りがマナーのような学問の世界にあって、これもまた彼の数多い美点の一つだった。

＊

ここで、統一が綴喜との約束を思い出し、三人は急いで大講堂の外へ出た。然は統一への渡し物を研究室に置いて来ていたので、それとなくK・Mと別れ、研究室まで歩いた。銀杏《いちょう》並木の下で、名言論はまだ継続していたが（特に名言の教育的・教養的効果について）、話は自然小団円へ収斂《しゅうれん》する。

「しかし、名言っていうのはさ、やはり人々の記憶に残ってなんぼだけど、作者が正確に記憶されることはまずないし、名言自体がしっかり継承されることも少ない。まぁ流石に、『人間は考える葦《あし》』の作者がパスカルってのは誰でも知ってるだろうけど、あれだって、この前アンケートとったら、一部の学生が『考える足』——驚くなかれ、歩く方の足ね！——と思っていたようですから、いずれそうなるかもしれません。即ち、名言とはまさしく有名な偉人による有名な言葉のことだが、実際には無記名性と無個性がその条件となっている、とこういうことになるかな。あるいはコンテクストを剝ぎ取られて、だからこそ、あらゆるコンテクストに適用できる使い勝手のいい言葉。でも、俺はそれでいいんだと思う。勘違いこそ、単なる言葉を名言化する、ともいえます。今の時代、小説の一文や俳句や政治家のスピーチや流行語が名言となりうるためには、人々の神話力が回復せねば！」

「お、なるほど。よくまとめたなぁ」

「ご清聴どうも有難うございました」

流石に、背筋を正すばかりで肩凝りのしてくるアカデミズム的枠組みに囚《とら》われない、自由闊達《かったつ》な雑談であった。最後に、然が綴喜の件に関し、彼にしては珍しく慇懃《いんぎん》に謝意を述べ、「彼のこと、よろしく頼みます」とまで言ったのは、何だか不気味ではあったが。

然から受け取ったものを自分の研究室まで置きに行く。すると、統一の研究室を含むフロアに唯一置かれているベンチに綴喜が座っていた。約束の時間まで、まだ一時間三十分はある。

「随分早いな」と声をかけると、綴喜は読んでいた文庫本（カバーがかけられていて、何の本か分からない）を閉じ、ポケットに入れて、立ち上がった。来るものを拒むのは苦手なので、統一はそのまま彼を研究室に招き入れ、それから一時間ほど、綴喜の論文「ヘッセのヘルメス主義」に関して、コメントをする。

全体的に面白いが、面白くなってきたところに限って、発想の飛躍が目立つ。これでは飛躍しているから面白いのだと難癖をつけられても仕方がない（と言いつつ、だったら最先の然との議論は何だったのだろう、と思っている自分もいる）。特に自分は専門家だからゲーテに関する扱いが粗いように思う。「永遠のユダヤ人」と『ファウスト』の関係については再考が必要だろう。論文の骨子になる『ガラス玉演戯』については、着眼点を褒めた上で、芸亭學『ヘッセの遊戯人《ホモ・ルーデンス》』を読むよう薦めた。「もう読んだことがあるかもしれないが」と本棚から件の書を取り出してくると、彼は首を横に振った。一時間ほどの会話で彼が明確に首を横に振ったのは、そのたった一度だけ。あとはもう終始首肯するばかりで、出されたアールグレイの紅茶（例の徳歌のティー・バッグを幾つか持ってきたのだ）にも手を付けなかった。文章の印象とかなり違う。この子ひょっとして何か隠しているのではないか、と統一は訝《いぶか》しむ。

「折角だから飯でも食べようか」

統一が探りを入れる意味でこう誘ってみると、しかし綴喜は意外にも「よろしいんですか？」と喜んだ。そこで二人で地下鉄に乗り、「ごった煮」まで向かった。

「ごった煮」は、古くは作家のMや映画監督のKなどが通ったという老舗の酒場で、統一は学生時代から何かとこの店を利用していた（一度ならず批評家のKを見かけて、話しかけたこともある）。丸太組の三階建ての天井には飛行船の模型やら木製の自転車やらが吊《つ》り下げられ、老若男女が和気藹々《わきあいあい》と活気付いているのは相変わらず、彼に子供の頃映画や漫画で見た海賊船の情景を髣髴《ほうふつ》とさせる。統一たちは二・三階を結ぶ階段の踊り場に据えられた二人席に通された。ひとまず、オリジナルの「ごった煮カクテル」なる酒を二杯頼む。名前の通り、白濁して、何が入っているのか摑《つか》み所のない味がする、ある常連客によれば、バーテンが店の棚にあるすべての酒を混ぜたことによって生まれたらしいこのカクテルに、綴喜は顔を顰《しか》めていた。しかし、これが統一にとってはいわば青春の味。美味《うま》いとか不味《まず》いとかいう判断は最早できない。統一はふと、昔娘に出されたクイズを思い出して、この青年の緊張を溶かしてやる気になった。

「英語で一番長い単語って何だか知ってる?」

「ああ、はい! 『女の議会』に出てくるやつですね?」と綴喜はすぐに答える。そして驚いたことに、それを暗誦してみせた。「lopadotemakhoselakhogaleokrānioleipsanodrīmupotrimmatosilphiokārabomelitokatakekhumenokikhlepikossuphophattoperisteralektruonoptokephalliokinklopeleiolagōiosiraiobaphētraganopterúgōn」

これには統一も驚く。彼は学生の中に雑学的知識に秀でた者を見つけると、時々この質問をしたくなるのだったが、「ありとあらゆる種類の食材を含んだ料理」とか「Lopadopterygon」と省略した形でクイズ的に答えられた者はいても、その全文を覚えている人間などついぞお目にかかったことがない。「たまげたなぁ、すごいね」と思わず口から声が漏れる。

「いや、その、友達に、覚えさせられました。自分で覚え歌を作って」

それまたどんな友達なんだ、と統一は苦笑する。そして、「まぁこのカクテル飲むと、その『ありとあらゆる種類の食材を含んだ料理』はどんな味なのか、とつい考えてね」と言いながら、ぐいとグラスを傾け、店員を呼んだ。

「一杯お代わりと、ポルチーニ・ピザ、それにカラスミのショート・パスタ、ミックス・ナッツ……あとは」好きなもの頼んで、と言うと、綴喜は遠慮しつつもポテト・サラダを選んだ。ハムと人参と胡瓜《きゅうり》に薩摩芋《さつまいも》が入っているのが珍しいポテト・サラダ。統一は初めて食べたが、すぐ味を気に入って、後からまた追加した。


「先生の此間《こないだ》のお話、面白かったです」

パスタを巻き付けたフォークを置き、綴喜が初めて自分から言葉を発した。まだ彼の前のごった煮カクテルはグラスに半分ほど残っていて、勝手に頼んで悪かったかな、と統一が思っているところへ、この藪《やぶ》から棒の発言だったので、虚を衝《つ》かれ、つい「え？」と訊き返してしまう。

「『ゲーテはすべてを言った』という」

「あぁ。はいはい」勿論覚えている。

「僕……」と綴喜は机の下で手足を文字文字《もじもじ》させている。しかし、意を決したように口を開いた。むわっとした空気の中に、綴喜の鼻にかかった声はやけに近く感じられた。「僕は『ゲーテはすべてを言った』とは思いません。一人の人間にすべてを言うことなんてできない。でも、ゲーテは本当にすべてを言おうとしたのだろう、と思います。それに励まされました」

それだけ言うと、青年は急に肩の荷が降りたというふうににっこりして、パスタを平らげ、飲みかけのカクテルをぐいと飲み干した。ピザも二切れを一気に頬張った。統一はその勢いに笑ってしまうが、あるいは、この子はこれだけのことを言うために、一日中、いやこの前の授業のときからずっと緊張していたのだろうか？　と考えた。二人の真上では、最先から、どこぞの出版社の編集者と思《おぼ》しき男性二人が作家の悪口に耽《ふけ》っている。その奥で若い男女の集団が猥談《わいだん》を撒き散らす。二階では何組かの恋人たちがそれぞれに異なる時間を楽しみ、バーテンはあらゆる酒をごちゃ混ぜにする。四方が雑音の壁に囲まれているのが逆に静けさを齎《もたら》して、統一の胸中では綴喜の言葉が何度も反芻《はんすう》された。

「サルトルみたいだ。完全性と不可能性」しばらくしてから統一はやっと言える。

「えぇ。だから、ゲーテが『ファウスト』を完成させてから死んでいったのは偉い」

「そうなんだよ」と統一はごった煮カクテルを一口含んでから、「マンが言うには、それはゲーテの市民性の現れ。あの作品のテーマの内的な無限性を、一応外的な完成まで持っていった、という。そこがそれ以降の絶対書物的試みとは一線を画す部分だね」

「はい」と綴喜は小刻みに頷く。「そういう意味で僕が釈然としないのは、ゲーテがダンテに比較的冷ややかなことですね。二人はよく似ているのに」

「そうかな」と統一は一瞬立ち止まる。それについては、アウエルバッハかクルツィウスが何か書いていたはずだが、すぐに出てこない。

それから綴喜は堰《せき》を切ったように自身のゲーテ論を披瀝《ひれき》し出した。ごった煮カクテルとミックス・ナッツも追加する。統一も少しの偉ぶるところもなく、この若者のある種無遠慮なまでの激突に快く胸を貸した。二人は、ゲーテがすべてを言おうとするときに必然的に身につけた「プロテウス的」性質のこと、それによって余りに膨大な情報量をその身に蓄積したがために体系性を重視しなかったこと、だからこそ彼には断片的な書物が多いこと、それが後世に与えた影響のこと——ニーチェ、ベンヤミン、ウィトゲンシュタイン……などざっくばらんに話した。

「『一人一人は異なる方がよい、だが各人が最高者に似るのがよい／つまり各人が自己を完成すればよい』でしたか。でも、ゲーテは結局、その各人もすべて包摂しなければ、彼自身を完成できない性格の人だったのでしょう」

統一は綴喜のそんな一言一言を面白く聞くが、彼の引用するゲーテの言葉は思い出せない。「ゲーテはすべてを言った」。仕方がないので、話の流れに沿っているか分からないが、とりあえず持論で沈黙を埋める。

「ゲーテは個人の限界性をかなり意識していたね。職業の専門性も強く主張した。芸術は限定において生ずる、とも言っている。でも君の言う通り、彼は自分の無限を求める本性を変えることもできなかった。だから、そこには自戒の意味もあったかもしれない。『多様と複雑さに喜びを感じる人間は、いつも混乱の危険にさらされている』と言っているけれど、彼自身がそうだったのだろうね」

綴喜はそれが統一の著書（無論、『ゲーテの夢』）の中にあった話だと気が付き、即座に「世界文学と自分の関係を、魔法使いの弟子に喩《たと》えるように」と肯《うけが》う。この受け答えが自分の次に言わんとしていたことと全く同じだったので、統一は一瞬戸惑うが、ああそういえばそういうことを自分は既に本に書いていたのだった、と思い出して、結局、自分で書いた本をなぞっているだけなのかもしれない、と考え込んだ。

III

その週の土曜は、博把《ひろば》家のポストに義父・芸亭學《うんていまなぶ》からのクリスマス・カードが届いていた。統一《とういち》、義子《あきこ》、徳歌《のりか》に一枚ずつ。相手に合わせて全く異なる絵と文の描かれたカードを送るのが、學の拘《こだわ》りである。彼は親類だけでなく、無数の教え子たちに対してもそうするのだから、並大抵の骨折りではない。統一は師にして義父である彼から、もう四十年来このカードを貰ってきたが、毎度毎度感服して、それらをアルバムに収め、書斎の本棚に自著の列に並べて置いてある。統一は今年のカードをそのアルバムに挿入《さしい》れつつ、これまでのコレクションを見直した。學はいつも、決して達筆というのじゃないが崩しのない几帳面なペン字で、書き損じは決してしなかった（あるいはこれは學の学者としての習い性がそうさせたのかもしれない。実際、彼の手書きの論文はそのまま本になりそうなくらい読み易い）。必ずどこかに文学作品からの引用が添えられる。例えば、九〇年のクリスマス・カードには、例のヴッツ教授の原典主義に囚《とら》われた統一が、隘路《あいろ》に嵌《は》まっているのを見兼ねてか、「私は知っての通りルターの信徒であると同時に、エラスムスの弟子でもあるから、無論原文は大事だと思う。でも、別にそこまで目くじら立てることはない。人類は今まで、聖書を専ら翻訳で読んできたし、ギリシア神話は抄訳で読んできたのです。漱石の自己本位を思い出しなさい」と書いてあった。そういう彼自身が、当文の末尾では、「Das Pergament, ist das der heilige Bronnen, ／Woraus ein Trunk den Durst auf ewig stillt?」と『ファウスト』の一文をドイツ語で引用しているのは御愛嬌（これまた学者としての習い性の一つか）。あるいは、二〇一一年には、統一の教授就任を祝いながらも、彼の故郷

統一の出自は会津であり、仙台出身の學は同じ東北出身という同胞意識もあって、この弟子を特別可愛がっていたという面も大いにあった――を慮《おもんぱか》って、『カンディード』のドイツ語訳を引いていた。このように、それまではドイツ語に限らず、様々な言語からその年の統一の状況に合わせた引用句でカードを締めくくっていた學だが、八年前に義母が亡くなった年からは、専ら聖書からの引用が連続するようになった。この時期、彼は聖書原典の写経（という表現は些《いささ》かシンクレティズムが過ぎるだろうが、學自身がそう言っているのだから問題ないだろう）を始めたのだ。今年の統一宛のカードには、學の作っている盆栽の写生と共に、「この昏《くら》い時代には貴方の語る言葉が益々重要です。そうは思えなくとも、善き言葉を語り続けてください。Fürchte dich nicht, sondern rede und schweige nicht! Apostelgeschichte 18:9 芸亭學」とあった。

芸亭學という名前を見ると、統一は今でもかつての瑞々《みずみず》しい憧憬に立ち返ることができた。高校三年の予備校の帰りに立ち寄った古本屋で、芸亭學著『物尽《ものづくし》――「阿呆船」を読む』を手に取ったのが、その名を初めて見た瞬間だった。奥付を見ると、「昭和三十五年初版」とあって、自分と同い年だ、と思ったことが購入に至った一番の要因だったことは間違いない。元々ゲーテが好きで、その流れでドイツ文学を闇雲に齧《かじ》ってはいたが、新潮社から出ているヤスパースの『哲学入門』を読んで、哲学の方に宗旨替えしかけていた頃だった。大学では哲学の勉強に打ち込もう、その陰で恋人でも作って詩を書こう、と朧《おぼろ》げに夢想していたのだが、この一冊を読んで、文学への信奉を確かにした。この人に学びたいから浪人させてくれと親に頼み込み、実際に先生のいる大学に入った。本物の芸亭學は想像していたよりずっと若く(それもそのはず、學は弱冠二十五歳で『物尽』を書いていたのだ)、その知性もさることながら、人柄はまるで聖人のようで、当初思い描いていたように恋人を作る気にもならなかった。いや、先生が恋人だった。

最近では芸亭學を単に中世の専門家と見る向きもあるようだが、その学問的基盤はノヴァーリスの研究にあった。その重要性は幾ら強調してもし過ぎることはないだろう。従来の日本では専ら、生まれながらに病弱、恋人ゾフィーの死を経て神秘世界に没入し、二十八歳で夭折した若き天才、とそのロマンティックな側面ばかりが矢鱈《やたら》強調されてきた詩人のイメージを刷新する画期的論考『聖書と百科全書――ノヴァーリス「一般草稿」研究』が學の最初の本である。そこから中世へ飛翔し、合間を縫って、ジャン・パウルも、リルケも、ヘッセもやった。思えば、徳歌の卒業論文のテーマは知ってか知らずか、あの先生の本の表題とそっくり。統一はふと思い付いて、リビングにいる娘に、「のり。今度の正月、お前の卒業論文、途中まででいいから、おじいちゃんに読ませてあげなよ」と声をかけた。彼女は自分のクリスマス・カードを眺めながら、「えー、やだよ」と拒む。しかし、母親が「のりちゃん、そうしてあげて。おじいちゃん、喜ぶから」とベランダから言ってくるので、しばらくごねたが、「わかったよ。もう、一旦完成させせなきゃじゃん」と言って、やがてノートPCと睨《にら》めっこし始めた。統一は、義父へのいい土産物ができたことに満足して、昔は自著が出るたびに先生に持っていくのが何よりの喜びだったことを懐かしんだ。

ちなみに、徳歌が机の上に残していったクリスマス・カードを見てみると、幼児イエスを描いた絵はごく小さくて、細かい文字で最近見聞した面白い話が沢山書き込まれていた。あの芸亭學も孫の前ではまるで親に話を聞いてもらいたがる子供のよう、と統一は自分がまるでそれに何ら関与するところがないかのように感慨に耽《ふけ》る。引用は、「And aboue all these thinges put on loue, which is the bond of perfectnes. Colossians 3:14」。用いられている英語は、済補《スマホ》で調べたところ、ジュネーヴ訳のようだった。これは徳歌の趣向に合わせたものだろう。日本語に訳せば、「これらいっさいのものの上に、愛を加えなさい。愛は、すべてを完全に結ぶ帯である」。例のゲーテの名言にも一寸《ちょっと》似ていた。

*

綴喜《つづき》と飲んだあの夜以来、統一の名言探しは暗礁に乗り上げていた。きっとあるはずの名言もとい金言は、さながら金羊毛か聖杯のように統一を益々駆り立てたが、それが神話じみてきていることもまた確かであった（統一はふと、自分からゲーテへの二百年と、ゲーテから古代ギリシアへの数千年は、一体どちらが遠いのだろう、とも考えた）。彼は一旦冷静になり、その代わりにというと変だが、綴喜の発言について再三考えようとした。「僕は『ゲーテはすべてを言った』とは思いません。一人の人間にすべてを言うことなんてできない。でも、ゲーテは本当にすべてを言おうとしたのだろう、と思います」とあの青年は言った。しかし、考えれば考えるほど、統一にとって、「ゲーテがすべてを言った」というのは決してどうでもいいことではなかったのだ。そのことを彼は、締切が二週間後に迫った「眠られぬ夜のために」のテクストの赤字を入れながら痛感することになった。最終の見直しでは、一つ一つの語彙《ごい》に気を取られるのでなく、パラパラ捲《めく》っていって、リズムに狂いがないか、それだけを点検する。全体を俯瞰《ふかん》すれば、読み物としてそこまで悪くないようにも思えたが、余りに欲張りが過ぎて、必要以上に多くのことを盛り込んでしまった感もまた否めなかった。

「ユングは……ギルガメッシュ叙事詩、易経、ウパニシャッド、老子、ヘラクレイトスの断片……ヨハネ福音書、パウロ書簡、マイスター・エックハルト……ハイネは『地上の聖書』と呼び……ボルヘスは『ゲーテはドイツの公的宗教』と……クンデラ……ヘルダー……それこそバフチンが『多声性《ポリフォニー》』と言ったもので……ルターと悪魔のエピソードを……ディドロら百科全書派の影響……リンネの分類法……ゲスナーの学位論文……シラーはそれを『経験でなく理念《eine Idee》』と……ダンテ・・ブルーノ・ヴィーコ・・ジョイス……ミシュレ……ワーグナーといえば……」

と約一二〇頁《ページ》のブックレットがはち切れんばかりで、何だか、八〇年代のオールスター・キャスト・ステージを髣髴《ほうふつ》とさせないでもない。これでは書き手ばかり満足して、読者は胸焼けするのではないか、と今更ながら不安に感じると共に、結局、俺はいつもゲーテに託《かこつ》けてすべてを言い切りたかったのだ、と、「ゲーテ抄《しょう》」、『ゲーテの夢』にも顕著な西洋思想の通史的側面を思い起こしつつ、己の未発展に鼻白む。実際、彼が番組側から要求されてやむなく付けたテクストの副題が「ゲーテ『ファウスト』――すべてを手に入れようとした男」だというのは、いよいよもって呪《のろ》いじみていた。

思索がここに至って、統一はふと、昔どこぞの新聞に寄稿した、自分とゲーテとの出会いについての小文を朧げに脳内に再現しようとする（題は確か「ゲーテと私」としたはず）。「本より音楽が好きな子供だった。音楽と同じくらいアニメーションも好きだった。文字で考えるより、色と音で考える子供だったと思う。そんな私にディズニーの『ファンタジア』が最高の映画だったことは言うまでもない。

学校の視聴覚の授業で、私は初めてこの映画史上に残る傑作を観《み》た。映画の内容は、言ってしまえば、クラシック大全である。全部で八つの名曲を、多様なアニメーション表現が彩る、最上級のジュークボックス・ミュージカル。私はその世界に魅了され、一度観ただけでかなりの部分を記憶した。今の子供たちは、パブリックドメインDVDでこの映画をいつでも簡単に観られるわけだから恵まれている。当時はそうもいかなかった。私は、あの世界を家でも学校でもどこでも体験できたなら、と思った。そんな中、物知りな友人から、この映画の原作がある、ということを教えてもらい、ゲーテという人がその作者だと知るや否や、私は本屋にひた走った。すると、そこにあったのは『ファウスト　ゲーテ』。馬鹿正直で何でも信じ込む性格の少年だった私は、ゲーテという名前だけで、『ファンタジア』と『ファウスト』を同じものと早合点し、それを買った。決して多くはないお年玉で、よくもまあ思い切ったことをしたものだ。結局これが私とゲーテとの出会いとなった。

間違った！　とすぐには気が付かなかった。神や悪魔が出てきて、魔法使いのおじさんが出てくる。きっとこれから『ファンタジア』になるんだろう、と思いながら読み進めた。そして実際、これが間違いではなかったのである。なるほど、確かに『ファンタジア』におけるある一場面の原作は、同じゲーテでも『ファウスト』ではなくて『魔法使いの弟子』という短詩である。しかし、『ファウスト』は私が欲しかったすべてを見せてくれた。つまり、私が『ファンタジア』に見出したのは、この世界のすべてを一本の作品で語り尽くそうとする芸術家の精神であり、それは『ファウスト』の草稿を常に鞄《かばん》の中に入れて、世界中のあらゆるもの（動物、植物、地質学、気象学、建築、都市、絵画、経済、人種、政治、軍事）を把握しようとしたゲーテの野心と同じものだった。

やがて、私の興味はゲーテその人に移った。こんなものを書く人とは一体どんな人なんだろう？　そこで高校に入学し、図書館で真っ先に手を伸ばしたのが、まず『詩と真実』、次に『ゲーテとの対話』。どちらも岩波文庫で。兎《と》に角《かく》楽しかった。前者では、自分自身がゲーテになっているところを夢見た。職人気質《かたぎ》で勤勉な父と芸術家肌で快活な母の子供で、立派な家があって、何事にも泰然自若とし、美しい女と恋をし、賢い友と哲学を論じ、詩を作る。後者では、自分がエッカーマンになっているところを夢見た。帝王の如き老ゲーテのサロンに毎日のように通って、その教えを傾聴し、彼の作品の手伝いをする。何より、執筆途中の『ファウスト』について直接質問したり意見したりする。ところで、最近、漫画家の水木しげる氏も同じようなことを考えていたと知って嬉《うれ》しかった。水木ワールドの百鬼夜行はゲーテ的だと私はずっと思っていた。手塚治虫の『ファウスト』は私にとっては最高の教科書だが、水木先生にも『ファウスト』を書いて欲しかった、と思う。閑話休題。これらの本に出会ってからというもの、私は私の脳内に詰まっていた色と音を文字に変換するという作業を無意識的に行っていった。とどのつまり、それが文学ということであった。

『ゲーテとの対話』を殆《ほとん》ど暗誦《あんしょう》するまでになり、私にもゲーテのような『先生』がいればいいのに、と思うようになっていった。その頃、芸亭學という人を知った……」

実際はもっと短くされていたが、大体こういうことを書いた。つまるところ、統一にとっては、ゲーテが「すべてを言った」ということがこの大文豪への愛と不可分なのであった。そして、それは恐らく、統一自身の中に元々あったすべてを把握せんとする欲望が、ゲーテという先達を通して初めて、その存在を認可され、方法を伝授され、最終的にはゲーテその人がその道具の役割を果たす、ということでもあった。

しかし、そんな「すべてを言った」ゲーテに託して、自分のすべてを詰め込んだTVサイズのテクストに、彼は何かしら画竜点睛を欠く心細さを覚えてならなかった。そしてその理由はもはや火を見るより明らかだった。

Love does not confuse everything, but mixes. —Goethe

統一はまた済補《スマホ》のカバーに挟んであるタグを見つめた。「この言葉が見つからなければ、このテクストは完成しないのだ」と、統一は自分の脳内で煮詰まってきた結論をなるべく短い言葉に落とし込もうとする。理由は二つ考えられた。第一に、統一にとって「すべてを言った」ゲーテが「すべて」について語っている言葉であるという点でこの名言は魅力的であった。ゲーテは「すべてを言った」。そして、すべては愛によって混淆《こんこう》せず、渾然《こんぜん》となされるべきだ、と結論付けた（コヘレトの、「すべてに耳を傾けて得た結論」！）。あるいは、ゲーテ自身が「精神の関節《das geistige Band》」としての愛という一語によって、すべてを言い切れてしまう、ということでもあったのか。第二はもっと単純で、もしこの言葉をゲーテが言っていなかったとしたら、「ゲーテはすべてを言った」ことにはなりえない。だから、統一にとってこの言葉は「ゲーテはすべてを言った」ことの証拠であり、それは即ち統一自身のこれまでの学問の全面的肯定なのだった。

　だが、綴喜は「『ゲーテはすべてを言った』とは思いません」と言った。何故なら、「一人の人間にすべてを言うことなんてできない」から。そう、問題はそこだ。人ひとりではすべてを言えない。これは晩年のゲーテの思想とも通じている。ゲーテ自身は自分が天才だったわけだから、一人の天才によって「すべてを言われる」ことを信じたかっただろう。しかし、自分だけではどうもすべては言えない、と彼は早々気付いた。それで、すべては既に言われている、と転換した。例えばシェイクスピアによって。目下フンボルトによって。伝統という巨大樹に自らを接木《つぎき》することで、ゲーテは自分もすべてを言える、その可能性に賭けたのではないか？　そして、統一にとっては、ゲーテという人間に縋《すが》ることで初めて、「すべてを言った」文学的伝統に接続できるのであった。そろそろ自分一人に頼る段は過ぎているかもしれなかった。そもそも、アルゴナウタイや円卓の騎士も集団で宝探しをした。ホームズにすらワトソンがついていた。

　翌日はクリスマス・イブで、妻と娘は朝から教会に出掛けていた。統一はリビングでバッハの『クリスマス・オラトリオ』を聞きながら、ＰＣに向かい、こんなメールを作成してみた。

「クリスマスおめでとうございます。……実は先日、ある場所でゲーテのものとされる『Love does not confuse everything, but mixes』という言葉をたまたま見かけ、気になって、自分なりに探してみていますが、見つかっておりません。つきましては恥を忍んでお尋ねいたしますが、この言葉に心当たりはありませんでしょうか？（ゲーテ以外の言葉でも結構です）ない場合は、この言葉をゲーテのものと思われますか？　是非御意見を賜りたく存じます。還暦過ぎの研究者の戯言《ざれごと》にどうぞお付き合いください。……」

統一はその文章を何度も読み返した後、腕を捲《まく》った。そして、宛先に思いつく限りの知人のメール・アドレスを打ち込んでいき、本文の間（「……」）の部分に各人への挨拶を書き入れる。日本ドイツ文学会のメンバーを始めとし、同僚、他大学に勤務する先輩、後輩といった大学関係者は勿論《もちろん》のこと、ゲーテ記念館、ゲーテ協会、ゲーテ・インスティトゥートの知人らの顔を一つ一つ思い浮かべながら、無論、これは學のクリスマス・カードを意識してのこと。途中でドイツ時代の友人らのことも思い出し、ドイツ語でもメールを作成した。その中には、例の「ゲーテ辞典《Goethe-Wörterbuch》」に携わっているのも何人かいる。ええいままよ、いっそのこと、向こうの図書館や文書館のレファレンス・サービスにも頼んでしまえ。ここで統一はふらっと書斎へ向かう。そして、ヨハンのアドレスを探し出す。まだ変更されていないことを信じて、宛先に書き込む。

最終的には全部で八十二名（団体を含む）にメールを送った。六時間ほどを要したが、統一は身も心もすっきりして、引き続き壮麗なバッハに耳を澄ましながら、ふと、徳歌がくれた丸谷才一の『樹影譚』を手に取って、開いてみることさえした。

夜の燭火《しょっか》礼拝には、統一も教会に行く。年に一度、この日だけ、彼はクリスチャンとなる。教会の人々も彼を歓迎する。真っ暗な会堂には見事なクリスマス・ツリーが立っていた。流石《さすが》に開祖が発明しただけある、と統一は教会の人間（特に義子）に聞かれたら反感を買うようなことを密かに思いながら、席についた。やがて蠟燭《ろうそく》に火が灯り、暗闇の中で黄金色に輝く。統一は目を瞑《つぶ》り、義子のオルガンの演奏、徳歌の聖歌隊でのソプラノのソロを聴いた。講壇には、二十五年前に統一と義子の結婚の司式をした牧師——例のガリラヤ湖でシェケル硬貨を当てた人物が今も立っていて、ショート・メッセージをする。

「……クリスマスに始まるイエスの物語は、『成し遂げられた』の物語である、とよく言われます。それまで、旧約の預言者たちが様々に語ったことを、人々は語り継ぎ、書き留め、回し読んできました。そこに書かれている約束がイエスによって次々と『成し遂げられた』と、福音書の記者たちは書いています。しかし、ある神学者は言いました。『キリスト出現後の世界は、キリスト以前と同様、暗い歴史だった。現実的な確信をもって、止まれ！　お前は美しいと言えるような瞬間はなかった』と。私たちは今、こうしてクリスマスの楽しい時を分かち合ってはいますが、この地上には、それを祝えない人々がいることを思います。『成し遂げられた』『一切が為された！』とはそれによって約束が終わり、何をする必要もなくなったことを意味しません。むしろ、キリストによってバラバラだった約束が完結し、我々はより確かにその約束を共に待ち望むことができる、ということなのです。『言《ことば》は肉となった』と書いてある通りです。実際、クリスマスの物語の登場人物は皆、現実的な安息の中にいたわけではありませんでした。今朝の子供たちの降誕劇《ページェント》が私たちにすべてを教えてくれます。泊まる宿のない身重のマリアとヨセフ、夜の番をする羊飼い、異国の博士たち、今日はその中でマリアの話をしましょう」

その話を聞きながら、統一はゲーテの「昔、聖なる書《コーラン》を引くときは／章《スール》と句を挙げたものだった。／かくして、信者たちは／良心の咎めを覚えず安心することができた。／近頃の僧侶のやり方は特によくなってはいない。／古い説について饒舌《しゃべ》り、そこに私説を付け加える。／混乱は日々増していく」という言葉を思い起こさないわけではない。あるいは、『ファウスト』における「牧師は役者」という言葉を。しかし、人々は何度も聞いてきたはずのクリスマスの物語に、今でもなお頷《うなず》き、嘆息し、中には涙を流すものさえいる。徳歌は聖歌隊の席にいて、また、手の甲に何かをメモした。二千年以上、人類は同じ物語を繰り返してきた。すべては言われた、イエスによって。なんて、然《しか》りじゃないが考える。

家に帰ってきてから、家族でシャンパンを開けた。これは博把家の恒例行事(徳歌は成人するまではシャンメリーを飲んでいた)。その席で、義子は今日の礼拝堂の講壇に自分が飾った花の話から、例のYouTuberの話をした。

「彼女、毎朝庭で花を摘んで、教会に飾りに行くんだけれど、『私も教会でお花の奉仕をしてるんです』と前に書き込んだら、コメントが返ってきて。それ以降、やり取りを続けてるんだけど」

「書き込みって向こうはドイツ人だろ? どうやって?」と統一は尋ねる。

「機械で勝手に翻訳してくれるのよ。彼女、私の作品を褒めてくれてね……」

おいおい、その歳で勘弁してくれ、と統一は瞬発的に思うが、徳歌はそんなに気にしていない様子(そもそも聞いているのかいないのか)。統一は、それこそ彼が「サラダおじさん」活動に勤《いそ》しんでいた時期から、あらゆるインターネット上の言論活動を生理的に忌避しているところがあった。彼にとって、その場はジャム的でもサラダ的でもない、いわば汚物の掃き溜《だ》めのように想像された(というようなことを、もう少しオブラートに包んだ言い方ではあったが、実際に何かのトーク・ショーで話したところ、ネット上に彼への誹謗《ひぼう》中傷が一斉に噴出して、一層その思いを強くした、ということでもあった)。だから、妻が受動的にそれを閲覧しているのはまだいいとしても、彼女自身がその中に揉《も》みくちゃにされているとなると身の毛がよだつ思いがした。その思いを振り払おうとして、TVをつけると、『素晴らしき哉、人生!』の再放送をやっていて、思わず観入ってしまう。

その晩、娘が部屋に入ったのを確認してから、彼女へのプレゼントを隠しに行った。統一はかれこれ二十年以上、サンタクロースからの業務委託を受けている。七年前は確かポール・マッカートニーのベスト・アルバムをカーテンの下に隠した。「The Diary of Virginia Woolf」はもう五年前になるか。ここまでは統一にもギリギリついていける範疇《はんちゅう》に収まっていたが、一昨年のアラン・ムーアの作品集からはもうよく分かっていない。ただ、彼女が欲しがっているものを普段の会話から聞き取り、見つけてくる。今年は彼女が卒論を執筆するために必要だと言っていたゴダールの『映画史』のDVDボックスを、然の伝《つて》で手に入れた。今年もしっかり使命を果たしたことに満足し、ベッドにもぐり込む。LEDの蛍雪の下で、丸谷才一の文庫本を繰りながら、統一は、自分にもしサンタクロースが来るなら、あの言葉を願うだろう、と思った。

*

その夜、中々寝付くことのできなかった統一は、ふと思い立って、自分の書いた『ゲーテの夢』の分厚い文庫本を寝間着のポケットに入れると、そのままの格好で家を出た。怪しげな老人と勘違いされても困るので、娘の靴を履いていくことにした。二四・五センチの靴がすっぽり足にはまる。ということはつまり、自分は今、足が二四・五センチだった頃の自分になっているのだ、とすぐ解した。

夜風の冷気が何とも言えず心地良かった。クリスマスだというのに、街中どこもかしこも真っ暗で、いつもだったら明け方まで開いているはずの珈琲店やファストフード店までシャッターを下ろしている。コンビニエンスストアに入って——店内では懐かしいＹＭＯの曲が流れていた——、珈琲を買おうとするが、店員がいないので、レジに小銭だけ置いてきた。

店を出て、珈琲を飲みながら、足元の石畳の縫い目を辿《たど》っていくと、やがて広場に出た。ベンチに腰掛け、最先《さつき》のＹＭＯの曲のメロディが頭に残っており、歌詞はあやふやだったが気にせず歌いながら、自分の本を読んだ。余りに面白いので、しばらくのめり込む。自分はこんなにいい文章を書いていたのか、と安心して、それを閉じた。すると、噴水の向こうに、何やらクリーム色の大きな家が見える。窓からは室内灯が煌々《こうこう》と輝《て》って、微《かす》かに楽器の演奏なども漏れ聞こえる。何やらパーティが開かれている様子。統一は前に何度かその家に訪れたことがあったはずだが、招待もされていないのにお邪魔するのは憚《はばか》られ、玄関の前でしばらく窓を見上げ、その中の様子を目を凝らして窺《うかが》っていたのだが、突然腕を取られたかと思うと、次の瞬間には、もう屋内の階段を上がっていた。

両端にギリシア・ローマの彫刻作品の模型が配置された階段をひっきりなしに上り下りする女たちの中には年寄りも若いのもいたが、皆一様に健康な笑みを浮かべ、統一少年のことを見つめてきた。彼は急に気持ちが大きくなり、見せびらかすように腕を振って階段を上った。やがて全面が黄色の壁に覆われた広間に出ると、目線の先には食堂があり、そこでは大勢の客人たちが思い思いの遊びに耽っているのだった。その自由な振る舞いを見て、統一は自分も遠慮などせずにこの部屋に入ってきてよかったのだ、と安心する。広間に飾られた聖書画や巨大な神話画に釣られて、左へ折れると、青色の壁の部屋から三人の男たちが出てきて、その後に一際眼光の鋭い男が続いた。彼は自分の本について唾《つば》を飛ばしていた。客人たちは入れ替わり立ち替わりしているので、誰も彼の話なんて真面目に聞いていないのだけれど、男は自分の理論こそ世のすべてを解き明かすのだとすっかり悦に入っていた。統一はしばらく彼の話を聞いていたかったが、また腕を取られた。

食堂を抜け、陶器の飾ってある間を抜け（途中の部屋で少女がピアノを弾いていた）、皇帝のメダルや詩人の胸像、押し花、果実、鉱物などのコレクションを陳列した庭や廊下を通り過ぎ、やがて玄関の前で足が止まる。

「先生、お連れしました」と、ずっと統一の手を引いていた男が言った。

「ああ。来たね」部屋の中から、先生と呼ばれた人物の声がする。「ようこそ」


「先生」は鼠《ねずみ》色のオーバーを着て、立ち机の周りをウロウロしていた。部屋の中にはその人物の他にも二、三名の人がいて、誰かが「先生、『ファウスト』の進捗は……」と尋ねると、「今日は十行書けたよ」と答えてやっていた。統一が部屋に入ってくると、その人は大きな瞳で彼を見た。

一緒に食事をしよう、と「先生」は言った。統一は勝手に家に上がり込んだことを叱られなかったので安心した。螺旋《らせん》式の階段を上がって、例の青色の壁の部屋に入る。すると、先生と呼ばれる人物の服の色は青く染まった。黄色の壁の部屋に出ると、今度は黄色に変わる。先ほどまでの騒乱は既に収まっていて、食堂に若干名が残っているだけだった。あの眼光の鋭い男はもういなかった。

この家の家庭教師の男と町の法務長官の男が「先生」の右隣に並んで座り、統一と統一の手を引いていた男は左側に座った。次から次へと食事が運ばれてきた。その席での話題は多岐に亘ったが、宗教に関するものが多かったように思う。聖書以前の文明の有無について。キリスト以前ないしキリストについて知り得なかった善人の救済について。だが、「先生」はそれらに対し、「例えばムスリムは……」だとか、「聖書だって人が書いたものだ」だとか言って、客人たちの緊張の糸を高めながら、頃合いを見計らってジョークで落とし、彼らを安堵《あんど》させまた笑わせた。もし自分が聖書を舞台用に書き直すなら、と五幕物の構想を話して、その場にいる全員を沸き立たせた。

「先生」は孫たちを膝の上に乗せ、一緒にベルトゥーフの絵本を読んでいた。統一は緊張から解放され、この部屋から出て、一人でテプフェールの漫画でも読みたい、と思ったが、統一の手を引いていた男が今の内に献本するよう促してきた。彼は席を立ち、自分のポケットに入っていた『ゲーテの夢』を「先生」に手渡した。「先生」はそれを捲りながら、孫たちより少し大きいくらいの背丈の統一に、「これはどういう人物だい？　これはどんな意味？」など真剣に尋ねる。「これはニーチェです」「ベンヤミンです」「ウィトゲンシュタインです」と統一は答えた。「先生」はそれらの未知の人物の思想について少年が雄弁に語るのを、頷いたり、首を傾《かし》げたりしながら聞いていた。まるで東洋の古代詩人について初めて知らされたときのような、困惑と興味の混在した様子であった。統一はその反応を具《つぶさ》に見て取り、首を傾げたと思ったら、別の言葉で言い直し、なるべく「先生」の得心のいくような方向へ、彼らの思想を翻訳した。大体のところを把握してしまうと、「先

生」は、

「世の中は、いつも同じものだね。いろんな状態がいつも繰り返されている。どの民族だって、ほかの民族と同じように、生き、愛し、感じている。あらゆることは既に言われていて、われわれはせいぜい、それを別の形式や表現で繰り返すだけだ」と言った。「ちなみに、この人たちはどこの国の人だろう？　聞かない名だが」

すると、その言葉を手の甲にメモしつつ、「ですから、私には」と統一の手を引いていた男が言葉を引き取る。「学者たちが不思議で仕方ありません。詩というものは生活の中からではなく、本から作られるものだ、という意見のようですからね。彼らは、口癖のように、これはここから取った、あれは、あそこからだ！　と言います。たとえば、シェイクスピアの中に、古代詩人にもある詩句を発見すると、シェイクスピアは古代詩人から取ってきた、というのです。なんと妙な話でしょう！」

「ああ、まったく」と「先生」は頷く。「実生活から取ってこようと、書物から取ってこようと、そんなことはどうでもよいのだ、使い方が正しいかどうかということだけが問題なのだ！　私のメフィストフェレスも、シェイクスピアの歌をうたうわけだが、どうしてそれがいけないのか？　シェイクスピアの歌がちょうどぴったり当てはまり、言おうとすることをずばり言ってのけているのに、どうして私が苦労して自分のものを作り出さなければならないのだろうか？　芸術には、すべてを通じて、血統というものがある。かつてのドイツの若者は会話の節々で聖書を引用することができるように教育されたが、それは結局、感情や事件というものが永遠に回帰することを暗示し明示するのだ。我々の思想を表現するのに先人の吟味された教養ある言葉を用いるとき、彼らが我々の心の奥深くを我々以上に巧みに開いて見せることを認めるのだ。巨匠を見れば、常にその巨匠が先人の長所を利用していて、そのことが彼を偉大にしているのだ」

統一には二人の会話の流れが面白くって仕方なかった。最初、統一の手を引いていた男はシェイクスピアが題材を仕入れてきたのは、本からではなく、実生活からだったという旨を述べていた。「先生」もまずはそれに同調した。しかし、話は見る見るうちに「先生」自身のことに移行し、時には書物から引用する場合もある、何なら引用すべきだ、という統一の手を引いていた男の提言に対する反証が何事もなく繰り出され、議論は芸術の模倣・引用・伝統性という当初と真逆の地点に帰結した。ところが、先生と呼ばれる人物も統一の手を引いていた男もさして気にならない様子で、互いに腑《ふ》に落ちたように笑い合っている。

やがて、男たちは庭へ出た。「先生」は統一にすべての花の名を教えた。あれは麦仙翁《むぎせんのう》、これが月桂樹、カーネーションにデイジー、ほら鉄砲百合《イースター・リリー》、イチジクに千日紅、ホーリー、スノードロップ、タイム、角胡麻《ユニコーン・フラワー》、そして菫《すみれ》……。話題はバイロン卿のこと、ディドロのことに移り、「先生」に請われて統一がフロベールやカフカについて語った後、またシェイクスピアに戻ってきた。

……ローズマリー、オクナ・セルラタ、水仙、木蓮、ライラック、隠元豆《キドニー・ビーンズ》、数珠玉《ジョブズ・テイア》

「シェイクスピアがねらったのは、ただひたすら、それぞれの場面にぴったりした効果的な名文句を自分の登場人物に語らせることだった」と「先生」は言った。それはまるで、自分自身のことをシェイクスピアに託けて言っているように統一には思われた。家庭教師と法務長官と統一の手を引いていた男は皆、その言葉を手の甲にメモした。皆、考えていることは同じのよう。

「彼にあって、この時代の若者に欠けているのは、愛だ。『たとい我もろもろの国人《くにびと》の言《ことば》および御使の言を語るとも、愛なくば鳴る鐘や響く鐃鈸《にょうはち》の如し』。私のファウスト救済の鍵もそこにある」

統一は自分の手の甲を見つめた。俺も何か書くものが欲しい。この瞬間を書き留めておかねばならない。

「愛はすべてを混淆せず、渾然となすのだ」

先生と呼ばれる人物は言った。

＊

目が覚めてから考えれば、それが青年期の自分の生活の隅々まで溶け込んでいた『ゲーテとの対話』から出た夢であることは明らかであった。最初の眼光の鋭い男はヘーゲルで、手を引く人物はエッカーマンで、リーマーも、フォン・ミュラーもいた。「先生」とは勿論ゲーテだった。だが、統一はここまで鮮やかな夢を、かの書にのめり込んだ青春時代、かの人物とその生活空間に実際に住んでいた留学中にさえ、一度も見たことがなかった。

統一はもう一度眠ろうとしたが、それで同じ夢を見られなかったときの絶望を先読みして、いっそ起きておくことにした。身体が動かせるのを確かめてから、机に座り、最先まで自分の身に起こっていたことを思い出せるうちに全部思い出そうとした。断片的な記憶を、自分の意識の流れに沿って再生し、それを何度か繰り返していくうちに物語が出来た。そして、その意味について考えようとする。だが、本当は意味などどうでもいいことだ。上手く呼吸ができない。彼は思った。

「ゲーテは言った。確かに言った」

そして、恐る恐る例のティー・バッグのタグを済補《スマホ》のカバーから取り出す。それを例の

TV番組用のテクストの最後の部分にセロハン・テープで貼り付けて、赤字を入れてみた。『ファウスト』の最終幕にあって、全宇宙の時空間は、愛によって一つになっています。しかし、それぞれの世界はその特性を失っていません。それこそがゲーテの夢だったのです。**彼もこう言いました。**「Love does not confuse everything, but mixes. ― Goethe」

それは許されないことだった。今まで統一が学者として積み重ねてきたものを一遍に崩壊させかねないことだ。しかし、今まさに窓から吹き込む風に煽《あお》られて捲られていく丸谷才一『樹影譚』の頁には「楽になるためには、書くしかない。わたしはこの荷物を目的地まで持ち運ぶことによつて、自由な身になりたいと願つてゐる」とある。自分に小説は書けない（書こうとしたことは何度かある。書いてみてはと言われたことも……）が、こうして件のゲーテの名言を自分の文章の中に組み込むとき、統一は確かに「自由」を感じた。すべては成し遂げられ、軽くなった。

一つの犯罪を終え、統一はリビングまで歩いて行った。今まさに忘却の川へ流されていこうとしている夢見の実感とこれまで経験したことのない犯行の鈍い手触りとが混じり合い、自由の軽さと罪の重さが彼を混乱させた。胸の鼓動を如何《いかん》ともしがたく、半ば這《は》い上がるようにしてやっとソファにもたれた。現在、三時二十二分もしくは三時四十二分。いつもならどっちでもいいと思うのに、何故かその時だけはどっちなのか無性に気になった。現在が三時二十二分か三時四十二分か、そこにこそ、この世界の意味がかかっているような気がした。統一は今の自分の抱えているものを、どこへ持って行けばいいのか判らなかった。それを誰に訊《き》けばいい？　どんな本を読めばいい？　自分がそんなことを口に出すことすらできない身分になってしまっていることに打ち震えた。彼は久々に夫婦の寝室に入っていった。家の中で一番広く、リビングから直結しているその部屋で、妻は寝息を立てていた。そこには沢山の賞状が飾られていた。すべて徳歌のものだ。「読書感想文全国コンクール佳作」、「中学生クイズ大会準優勝」、「全国高等学校俳句選手権大会入選」……。小さなベージュの本棚には、徳歌の育児日記（三年分。その一頁目に「マリアの日記」という字が見えて、統一は見てはいけないものを見たかのようにそれを閉じた）、家計簿、小さなオレンジ色のノート（覗《のぞ》いてみると、妻の携帯電話、クレジット・カード、アプリケーションその他のＩＤとパスワードが羅列されていた。統一と同じく、すべて「hiroba norika」と「2001.04.23」の組み合わせ）、統一の著作、交際時からプレゼントしてきた本。その部屋の時計を見ると、時刻は三時四十五分だった。それを見て、少し心が落ち着いた。唾を飲み込み、小さく咳払《せきばら》いをする。妻を起こそうかとも思ったが、何をどう言っていいのか、そもそも自分は何を聞いて欲しがっているのかすらもはっきりしない。仕方なく、寝室を抜け出て、書斎へ戻ろうとする。するとそこで、玄関を音を立てまいとゆっくり開けている徳歌と鉢合わせた。

娘はすぐ、しまった、という顔をしたが、そのまま家に入ってきて、気まずそうに手先を文字文字《もじもじ》させている。

「おかえり」と統一は言った。「この時間まで歩いていたの?」

娘は答えない。

「バイト? そりゃないか」

娘は棒立ちしている。彼女のランニング・シューズを見つめ、俺は何故、夢の中でこれを履いて外出したのだろう、と統一は考えながら、「もう寝なさい」と言って、書斎のドアノブに手をかけた。

「お父さん」

振り向く。

「彼氏の、家、行ってたの」と徳歌は声を絞り出して言った。

統一は「そう」と答え、「いや、ちょっと目が覚めただけなんだ。悪かったね、おやすみ」と言って、部屋に入った。

今度こそ眠れなくなった統一は寄る辺なくPCを開いた。もう夢見の実感は、無意識の海に溶けて消えてしまっていた。残されたのは断片だけ。あるいは言葉とはすべて断片に過ぎないのかもしれない。実感が伴わなければ《Wenn ihr's nicht fühlt》、あらゆる小説も論文もただのインクの染みだ。現に目の前のPC画面に並ぶ情報の羅列は文字化けした記号のようだった。統一はGoogleのトップページを開いて、「ゲーテ『愛はすべてを混淆せず、渾然となす』出典」と打ち込んでみた。しかし、その文字面は余りに馬鹿げていて、すぐにデリート・キーを長押しする。しばらく硬直していた。四時になった。四時半になった。五時になったとき、昨日送ったメールに対する然からの返信が届いた。統一はすぐにそれを開いた。

「Merry Christmas! あの後、気になって自分でも色々調べてみましたが（というか、今まさにそれを調べようとして、インターネットの渦潮に飛び込もうとしたところ、博把先生からのメールを見つけたので、飛び付いたわけです。どう、俺一番乗りだった?-)、やはりゲーテはすごい人ですね。エルデシュ数あるいはオスカー・ワイルド指数みたくゲーテ数なんてのもあっていいくらい、皆と関係を持って、皆もゲーテと何かしら結びつきを持ちたがる。そして、ゲーテの言葉になると、どんな人もやりたい放題。村上春樹は小説の登場人物に『ゲーテが言っているように、世界の万物はメタファーだ』と言わせているが、これはかなりの超訳。まぁ要約型かな。あるいは新村出は広辞苑で、『ゲーテの箴言《しんげん》にもあるがごとき、誤るは人のつね、容《ゆ》るすは神のみち』と言ってますが、これは実はポープの言葉らしいですね。無意識的な仮託型かな？　なるほど、確かに『誤るは人のつね』のようです。とすると、それをすべて容るすしかないゲーテはもはや神の如き存在ということか（笑）。そういう意味で、博把先生が『愛は万有を混淆せず、渾然となす』とゲーテに言わせることは正しいと思います。たとえ彼の全集にそれが載っていなくても、そう思ってて言わなかっただけかもしれないし、どこかの塵紙《ちりがみ》に書いたのを捨てられたかもしれない。そもそも全集には必ず逸文があるものです。というのは、答えにはなってないだろうな（笑）。

似ている表現というので俺が思い出していたのは、ユゴーの『クロムウェル』の一節（もはや鉤括弧も脚注も必要ないでしょう）。詩は、自然と同じように、その創造のうちに光と影とを、崇高とグロテスクとを、言葉をかえていえば、魂と肉体、精神と獣性とを、混同することなく混合しはじめるであろう。では、よいお年を」

Ⅳ

水曜、綴喜《つづき》が修正した論文を送ってきた。一週間前に指摘した点が大幅に改善され、論文としての精度は上がっていたが、最後の最後に芸亭學《うんていまなぶ》と自分の本からの引用が新たに加わっている点を統一《とういち》は見過ごすわけにはいかなかった。

「ゲーテの『愛が帯の役を果たさなければ／所詮はすべてバベルの塔に過ぎない』(博把《ひろば》、1999) という言葉と、ヘッセの『全世界がノアの方舟に乗り込むかのように、無限の行列をなして我らの心の内へ入ってくる。かくして我らはすべてを所有し、理解し、それと一体となる』(芸亭、1971) という言葉は表裏一体である。この『愛』こそすべてをバベルから救い、ペンテコステに至らしめる」

それまでごく自然に展開されていた論がここにおいて突然その流れを断ち切られている。まるで、これだけは言わせてくれ、と会議の最後に爆弾発言を投下して去る人のようで、見苦しかった。統一はただそこにだけ、「しっかり出典を確認すること。孫引きは許されません。削除してもいいと思う」と書き込むが、一寸《ちょっと》考えて、「削除してもいいと思う」の部分を削除してから送信した。

例のクリスマス・イブのメールには、すぐに三十名ほどの人が律儀に返信してくれ、その数は段々増えていっていた。大半が、出典は分からないがゲーテのものに思える、としていて（平生からの統一の主張に鑑みて、そう答えるしかない、ということもあったに違いないが）、また何人かは出典らしきものを提案してくれてもいたが、そのどれも統一が既に目をつけていたものばかりであった。

ふと統一の胸に、これはたとえゲーテの言葉であったとしても名言ではないのかもしれない、少なくともすんなり理解でき、使い勝手のいい寸言とは言えまい、という疑惑が生じた。というか、然《しか》りの論でいけば、明らかに名言ではない。この言葉に意味があるのは、ゲーテという記名性、もっと言えば、ジャム的・サラダ的なる統一のゲーテ論というコンテクストあってこそなのだから。それにしても、然が見つけていたユゴーの言葉は今までで一番近かった。

「詩は、自然と同じように、その創造のうちに光と影とを、崇高とグロテスクとを、言葉をかえていえば、魂と肉体、精神と獣性とを、混同することなく混合しはじめるであろう」――要約型でいけば、「詩はすべてを混同することなく混合しはじめる」となるわけだが、ユゴーのことはゲーテも知っていたし、もしかしたら、この言葉をゲーテは読んでいたかもしれない。しかし、だからといって、これを換骨奪胎して、「愛はすべてを混同することなく混合しはじめる」と言ったとは考え辛《づら》かった。愛と詩ではやはり違う。なるほど、プラトンは「愛に触れたら、誰もが詩人になる」と言ったらしいが、だからこそ、愛を知って詩が分かる、ということはあっても、詩を読んで愛が分かる、なんてことはないだろう、と桂冠詩人気取りの中高生のようなことを考えてしまった。

大晦日は家族で仙台の実家に帰省した。東京から義子《あきこ》が運転する。學の家は長らく東京だったから、仙台の実家は弟の收《おさむ》が長らく住んでいたが（彼が牧師を務めた教会も近所にあった）、收が亡くなってからは、學たち家族が定期的に往復することで維持してきた。義子が高校生だった頃は、毎週末は仙台で過ごしていたという。そのため、この道は義子にとって通い慣れた道であるし、杜《もり》の都の中でも特別緑の豊かな地域なので、彼女の園芸愛好家《フローリスト》としての原風景ということでもある。というわけで、ハンドル捌《さば》きはいつにも増して的確。細かい車線変更に何の澱《よど》みもない。統一は助手席で安心して、微睡《まどろ》んでいられる。徳歌《のりか》は後部座席で本を読んでいる。

「よく酔わないなぁ」ふと、統一は妻の方を向いて、娘に対して言う。

「大丈夫。酔い止めのジェル飲んだし」妻が答える。

「ああそう」統一はやっと振り向いて、娘の方を見るが、彼女は何も言わずに本を読み続けている。George Steiner『After Babel』。

あの日以来、統一と徳歌の間はやはり気まずかった。何なら、家族全体がぎこちなかった。クリスマスの朝、プレゼントに一頻《ひとしき》り喜んだ娘をアルバイトに送り出してから、統一は妻に「のりは付き合っている人がいるのね?」と尋ね、彼女が「はい。一年前から」と何食わぬ顔で答えたので、癇《かん》に障った。

「何で言わないの?」

「徳歌が言わないで、って。自分で言うからって」

時計を見ると(統一はもうこの時計の狂い方を把握していた)、授業の時間が迫っていたから、この話はそこで中断するしかなかった。着替えるため書斎に行くと、扉の前に一冊の本と手紙が置かれていて、これらを拾い上げると、「パパへ。これ、読んでみてください」と赤い封筒に入った緑の便箋にそれだけ書かれていた。それは『文藝共和国』という文芸雑誌の最新号。統一はこれを捲《めく》ることすらせず本棚に放っておいた。

それから統一と徳歌の間で会話といった会話はなかった。TVを見ながら、意見を交わすことはあった。論文の進捗について尋ね、「おじいちゃんに渡せるくらいには」という分のことができた（彼女はサンタのくれた『映画史』を繰り返し観《み》ては、自分の論文におけるゴダールに関するほんの数行の記述への確信を深めていた）。しかし、胸襟を開いて対話するところまでは踏み切れなかった。とはいえ、やはり帰省が間近になると、三人はそれぞれに調子を合わせていって、行きの車中では、徳歌が車内スピーカーに飛ばしたNHKラジオの「ディスカバー・ビートルズ」に合わせて、合唱するところまでいった。しかし、統一はこの旅に『文藝共和国』を持って来ていない。

「お帰りなさーい」

駐車場では、芸亭家の長女・和子《かずこ》が博把一家の到着を待っていた。ナルとゴル――この二匹は、學によりヘッセの同名小説に寄せて、ナルチスとゴルトムントという大層な名前を授かっていたが、どちらも出自は捨て猫である。ナルの方は多指症なのを學が面白がって連れてきた。ゴルの方は生まれつき片目が見えないのを哀れに思った故・芸亭夫人が引き取ってきた――も、これは一家というか義子の到着を待ち構えていて、彼女が車を降りると、その周りをぐるぐる回って喜んだ。

「ひゃー、のりちゃん。また綺麗になっちゃってぇ。早く早く。おじいちゃんも首長くして待ってるよ。統一君もお疲れ様ね」

和子は統一の義姉になる前、彼の後輩だったが、その頃から彼のことを「統一君」と呼ぶ。それが統一には一貫して気持ちが良かった。

退官後、私立の女子大にきっかり五年勤めてからしばらくして、義父母は東京の自宅を売りに出し、仙台に移住することに決めた。直接的なきっかけはやはり東北の震災だったろう。幸いにして學たちの家に損害は出なかったが、知人の中には津波を経験した人もいた。それ以前に、弟が逝去して以来、かつてのような盛り上がりを失《な》くしていた教会を支える意味もあったか。この引越しから数年後、義母は病にかかり、折よく（というと何だが）離婚した和子が実家に帰ってきて、今では父と娘、ナル・ゴルの二人＋二匹暮らし。學はここで月一の勉強会を開いている。芸亭邸のいわゆるビーダーマイヤー様式は義母の趣味を和子が引き継いで、立派に管理していた。庭弄《いじ》りは學の仕事。今日も彼は縁側で盆栽を愛《め》でながら、耳が遠いのですぐには気が付かないけれど、その背中は娘家族の到来を敏感に察している。

「御義父《おとう》さん、お久しぶりです」統一が少々声を張り上げて言うと、すぐ振り向き、立ち上がる。

「やー待ってました。あきも、のりちゃんも、お帰り」

徳歌は學に自分の卒論（素描）を渡した。學は眼鏡を取り、じっくりそれを眺めてから、

「有難う有難う」と言いながら、大事そうに文机《ふづくえ》に置いた。それを見ていて、和子が言う。

「そうだった。父さん、早いとこ、アレ渡しちゃいなさいよ」

「おおそう。じゃあ持ってきて」

「嫌よ、父さん、自分で動いて」

「そこはひとつ親孝行と思って」

「もう十分してきたでしょうが」

「僕が行きましょうかね？」笑いながら、統一はもう立ち上がっている。和子は「お願い、父さんの部屋の机の上にあるから」と言って、ソファに腰を下ろす。そして、義子と徳歌と三人で既にかなり親密なガールズ（？）・トークを始めている。

統一は二階に上がり、義父の部屋に入った。かなり清潔で、本は棚に綺麗に整理整頓されていた（勿論《もちろん》、和子のおかげ）。自分の著書も全部あった。然のも幾つか。他にも知った名前が沢山ある。先生は引越しの際、蔵書をかなり減らしたが（統一も相当の数譲り受けた）、まだまだ壁一面を埋め尽くすくらいには多い。その中には、レクラム百科文庫の『ファウスト』初版という、希書・奇書の類になるべく興味を持たないよう心がけてきた統一からしても羨《うらや》ましいような蒐集《しゅうしゅう》家垂涎《すいぜん》の品も幾つかあった。

「アレ」とは義父の米寿記念論文集のことだった。タイトルは『もっと光を』。目次を捲ると、最初に短い論文が三つ——「暦書雑想」、「教会カンタータ小論」、「ブーバーの聖書翻訳について」。それから、教会の集会や勉強会のために書かれたらしいテクスト、スピーチ原稿など小品が幾つか（題名だけで気になったのはやはり、「ゲーテ『牧師の手紙』を読んで」）。最後に表題にもなっている「もっと光を」。これは結構長い。段ボール一箱分を持って、一階に下がり、リビングの机の上に置いた。

「ああ有難う」和子が言う。「大学が出してくれるっていうから、最近書いたのを集めて作ったんだけど、統一君、できれば持って帰ってお父さんの関係者に渡してくれる？」

「なるほど分かった。……これは僕らも貰っていいんですよね？」統一は義父の方を向いて訊《き》くが、

「勿論。もう、全部持ってって欲しいくらい」これにも和子がいかにも面倒臭そうに答える。學は何も言わず、微笑んでいる。統一は「徳歌」と娘の名を呼び、祖父の論文集を渡す。彼女はすぐにそれを開き、母と伯母の話を聞きながら読み進めていった。

夕飯の前までに、徳歌は學の論文集を読み終えていて、統一にその感動ぶりを説明しようとした。特に「光」にはかなり胸を打たれたようで、「早く読んで」と言っていた。これ以上、娘からの課題図書を増やされたら、父としてというより学者として面目が立たないので、統一は和子と義子の姉妹がぺちゃくちゃ喋《しやべ》りながら、食事の準備をしている間、

「もっと光を」だけ読んだ。

　それはこの論文集のために唯一學が書き下ろしたもので、論文というよりエッセイに近かった。ゲーテが死ぬ間際に発した「もっと光を」という言葉に端を発して、様々な偉人の最後の言葉について綴《つづ》られていた。ベートーヴェンの「友よ喝采を、喜劇は終わりだ」、カントの「これでよし《Es ist gut》」、何よりイエスの十字架上の七言。學はそれらの言葉が後世の創作である可能性や、特段深い意味がない可能性（例えば、ゲーテの「もっと光を」は単に窓を開けてほしい、という意味、カントの「これでよし《Es ist gut》」は葡《ぶ》萄《どう》酒の味がよい、という程度の意味等）を一切考慮せず、これらの言葉にこそ思想家や芸術家の達成がある、と決め込んで話を進めていく。クロードなんとかというフランスの詩人に似たような趣向の本があったはずだが、それに関する言及も見当たらなかった。統一としては、やはり先生も歳をとった、と思わざるを得なかった。少なくとも十年前の彼であれば、こんな印象だけの文章を長引かせるような真似は絶対にしなかったろう。たとえ発端が単なる印象であれ類推であれ、そこにあらゆるテーマを紐付《ひもづ》けて、妙に説得されてしまう論拠を連発し、論敵を華麗に煙に巻くはずだった。そう思うと統一は一寸切なくなった。しかし、どうしてまた徳歌はこの文章にあそこまで惹《ひ》かれたのだろう。

　食事の席でも、徳歌はこの話題を口にした。

「おじいちゃんの文章素敵だったよ。特に『光』は、芸亭學の最高傑作じゃないですか」

これには統一も唖然《あぜん》とした。そんなおべんちゃらはこれまで常に最高傑作を更新し続けてきた先生に対する冒瀆《ぼうとく》だ、と注意したくもなる。しかし、娘は続けた。

「私も、創世記の『光あれ』とヨハネ福音書の『初めに言《ことば》があった』を素直に結ぶ文章があればいいなぁ、とずっと思ってたけど、まさかおじいちゃんが書いてくれるなんて感動。特に言によって世界が開かれていくのを、ヘレン・ケラーのWaterに繋《つな》げるところは格好よかった。まるでパンクよ。おじいちゃん若い。ね、パパ？」

「ああ、うん。あそこは今までの先生らしくない、若さが、そうだね、ありました」と統一は言いながら、この娘は何の話をしているんだろう、と思う。

「いやぁ、恥ずかしいね。でも、嬉《うれ》しいな」學は目を細めて言った。「あれはね、ヘブライ語の『バーラー』（ברא）という動詞――「創造する」と訳されている部分だけれど――が、無数の色の混じり合ったバケツの中から、一つずつ色を抽出するイメージだ、という旧約学者の説をどこかで聞いたのを思い出して、でもどこで聞いたのか、あるいは読んだのか思い出せないんで、自分で書いてしまったわけだけど」

「うん。その話、初めて知った」と徳歌。

「私も」と義子。和子と頷き合って。夫の方を見てくるが、統一は首を縦とも横ともなく振る。

「つまり」學は静かに語り続ける。「原初の混沌はすべての色が混じり合った世界だった——我が愛弟子《ゲオルク・ミッシュ》にして息子はいみじくもこれをジャム的と呼んでいたが——。しかし、神が『光あれ』と一言命じられたとき、そこから赤、青、黄、と一つ一つの色が呼び出されていった。こうして初めて、画家は自分の絵を描けるようになる。彼はまた色を混ぜるだろう、新鮮な色を生んで得意に思うだろう。色を並べて、形を作るだろう。何なら、自分こそは完全な色を作ることができる、とそう思うかもしれない。一つの言から成った世界を一つの書物に帰そうとする詩人のように。しかし、そのためにはまず、色が取り分けられていなければ。神の秩序が先立たなければ。そして、混沌から単色を取り出す『バーラー』の御業はただ神だけに許されている。ねぇ、博把先生？」

＊

今年の紅白歌合戦は紅組が勝って終わった。統一は個々のパフォーマンスにはさほど関心を示せず、學の思い出話が始まるとすぐそちらに集中した。和子と義子は二人だけの会話をしているかと思いきや、父の話に誤りがあるとすぐにそれを正す。そうした空間の全体に耳を澄ませながら、徳歌は時々、手の甲にメモをとる。

年が明けた。學が感謝の祈りをしてから、五人は新年の挨拶を交わす。學は徳歌にお年玉の袋を渡し（そこには漱石の千円札が三枚、シェイクスピアの肖像が刻まれた二十ポンド札が一枚、そして學が今年細々した仕事で溜《た》め込んだ図書券六千五百円分が入っている）、部屋に上がっていった。それから、また四人で色々話す。父の体調のこと。経済的状況のこと。勉強会で起こったあれやこれや（主に勉強会に来ている四十絡みの「青年」から和子が求婚された、という話）。

四時くらいになって、やっと統一たちは家族三人分の布団が並べられた寝室に退散する。ナルとゴルはここでも義子についてきて、統一としても、「いいんじゃない。たまにしか会えないんだから」と言うより他ない。徳歌が既に真ん中の布団に陣取っていた。統一は早速、『もっと光を』を開き、その真ん中に「光」という短文が載っているのを見つけた。内容は先ほど、義父と娘が話していた通り。しかし、それをしっかり読み込む前に、義子が部屋の電灯を消してしまう。

「はあ、まずかった」

暗くなった部屋で、徳歌が呟《つぶや》く声がする。

「どうしたの？」と義子が尋ねる（声がする）。

「今晩、おじいちゃんが『バーラー』の話してたでしょ。あの時さ、私、『でもおじいちゃん。神さまは混沌を何色に分解したの？　白は二百色あるみたいよ』って言いかけちゃった」そう言って、娘はクスクス笑う。

「何それ？」

「そう言う芸能人がいるの」

「へぇ。いい言葉じゃない」

「ねぇ、パパ、どう思う？　神さまは混沌から何色を取り出したと思う？」徳歌がこちらに身体《からだ》を向ける気配がする。

「うーん、そうだねぇ」と統一は仰向けの体勢を替えず考えた。「やはり三原色じゃない？　それさえあれば、全部の色が再現できるわけだから」

しかし、徳歌はその答えに満足しなかったのか、むう、と唸《うな》った。

「ゲーテに『色彩論』ってあったよね？」

「うん、ある」

「何それ？」珍しく、こういう話に妻が加わってくる。彼女もこっちに身体を向けた（気配がする）。仕方なく統一も二人の方を向いた。暗闇の中で、彼はゲーテの色彩論の解説をする。

『色彩論』はゲーテの渾身の本で、その中で彼は、ニュートンの『光学』をくそみそにやっつけてるんだ。ニュートンが『すべての色を混ぜ合わせると白になる』と言っていることに対して、そんなわけない、灰色になる、と言ったりしてて。そして、それはゲーテに言わせれば、この世界が常に靄《もや》がかかっているからね。つまり、完全な光と闇の中間の世界。光と闇の相剋《そうこく》が色を形成している」

『ゲーテの夢』では、この話がゲーテの、人間世界でジャム的世界を実現することに対する問題意識の一例として紹介される。つまり、単に異なるものをすべて混ぜ合わせたところで、この世で理想的な白は手に入らない。ゲーテの全体性はすべての色がそれぞれに輝いてこそ、あの「一にして全て《Hen kai pan》」の境地に至る、ともう少し専門的な仕方で説明していた。

色に関し喋っているうちに、統一は一つ面白い話を思い出した。

「そういえば、のりも知ってるだろうけど、ホメロスでは色の描写がおかしいという」

「あぁ、グラッドストンね」と言って、徳歌は父の話の展開を先読みした上で、その前提となる知識を噛《か》み砕いて母に説明してやる。ホメロスって詩人の作品ではね、海が葡萄酒色とか色に関する描写が結構変なの。そこにグラッドストンってイギリスの有名な政治家で古典学者でもある人が着目して云々。

「そうだったっけね」と統一は大分前に読んだ話だから、と断りつつ、いっそ娘に説明させた方が早いのではないか、とすら思いつつ、「兎《と》も角《かく》、それで研究していったところ、人類の色彩に関する語彙《ごい》はかなり規則的に――ホメロスだけでなくて、聖書やインドのヴェーダなんかでも――虹の順番で、段々増えていったらしいことが分かった。だから、ある学者は古代人は色弱だった、とまで考えた。進化論の時代でもあったから、最初人間の色彩感覚はモノクロだけの世界で、赤という言葉を獲得して初めて、赤という色が見えるようになった、と。本当はそんなことないんだけど勘違いした」そう言いながら、統一はこのエピソードが先ほどの義父の話と緩やかに繋がっているらしいことに気が付く。

「そういえば、昔、のりちゃんが『ねぇ、ママたちの時代に色ってあったの？』って言ってたねぇ」とここで義子が言った。「白黒写真しかないじゃないってさ」

「そんなことあったっけ？」統一は思い出せない。

「覚えてる」と徳歌は笑いながら、「そしたら、パパが美術館に連れて行ってくれて、『のり、見ろ、これはパパやママより昔の人が描いた絵だ。もし昔に色がなかったら、どうしてこれを描けたの？』って怒られた」

「思い出した。いや怒ってはいないけど」と統一も笑う。暗闇に目が慣れて、二人の顔も見えてくる。何と、ナルとゴルも統一の話をじっと聞いていた（ように見えた）。「そしたら、のりがギリシアの彫刻を指差して、『じゃあパパ、あの像を作ったときにはまだ色がなかったんだね?』って」

家族は皆してクスクス笑う。

「でも、これはまさにそういう話。結局、我々は過去の時代について、残された断片から想像するしかない。古典学者が勘違いしたのも仕方ない。だが、我々が新たな物の見方を獲得したと同時に、古代人の見方を失ってもいることは忘れてはいけないけれど」

「はい!」とここで義子が手を挙げ、「じゃあさ、ノアが見た虹というのは何色だったのかな?」と行儀のいい小学生みたいな尋ね方をする。

「そうだなぁ。案外、二色くらいだと思っていたりしてねぇ。スタンダールじゃないけど、赤と黒って(ここで、徳歌がミュージカル版『レ・ミゼラブル』における同名の劇中歌を口遊《くちずさ》み、義子もそれに合わせて一節歌う)。うん、虹が何色かという話は中々難しいな。ニュートンは音階に合わせて七とした。ドレミファソラシと合わせて赤橙黄緑青藍紫《せきとうおうりょくせいらんし》。これは神がすべてに亘って完全な法則で世界を創造したから、それに当てはめた、ということなんだろうが」

「ドレミファソラシド」と徳歌は正しい音階を登る。「月火水木金土日」今度は駆け降りる。

「芹、薺《なずな》、御形、繁縷《はこべら》、仏の座、菘《すずな》、蘿蔔《すずしろ》」とそれを受けて、義子が歌う。

統一も負けじと何か言おうとするが、G7以外に思い付かず、これは差し控える（後で、何で自由七科《リベラル・アーツ》とか七元徳とかを思い出せなかったのだ、と臍《ほぞ》を噛むことになる）。しかし、何も言えないなりに、先ほどの妻の質問についてちゃんと考えようとする。

「でも、虹は同じだった」彼は今、自分が一度もどこにも書いたことがない言葉を言おうとしている。「今でも僕たちはノアの時代と同じ虹を見ている。ただ、そこにより多くの名前を読み込むことができるだけ」

「で、パパたちの時代には色ってあったの？」と徳歌はニヤニヤしながら聴く。

「あった。でも、今の方が沢山あるかも」統一は答える。

「チカチカしてて、嫌になるときもある」義子は言った。

「そっか、中々信じられませんなぁ」両親の息が合うのが、徳歌は楽しくてたまらない。

「見ないで信じるものは幸いである」統一はこの時、何とも自然に聖書を引用することができた。

＊

七時頃に目が覚めた。まだ隣で妻も娘も眠っていた。起こさないように注意しつつ一階に降りると、縁側で義父が文机に向かっていた。

「お早うございます」と言うと、

「ああ、なんだ、まだ寝ていてよかったのに。あの後も長かったんだろ？　和子がなぁ。老いぼれとの二人暮らしで溜まってるんだよ」と學は笑った。しかし、その手が動きを止めることはない。聖書原典の写経。毎朝の日課は、年始だろうが、娘家族が来訪していようが、変わらず遂行される。文机の上には、岩波訳の『旧約聖書　十二小預言書　上』が（恐らく参照用に）置かれているのだが、開かれる気配はない。ただ黙々と、どこにでも売っているような大学ノートに聖書のヘブライ語が書き写されていく。

「これで何周目ですか？」統一は學の隣に足を伸ばした。

「三周目の、ちょうど三分の二くらいかな。八年目だから」と學は笑う。「今はね、きつい時期なんだ。結構退屈でさぁ。でも、もうすぐ福音書と思って頑張ってる。つまらないと思っているところはね、大体自分が理解できていないだけで、色々知ると面白くなってくるものなんだ。でもやっぱりつまらないと筆が乗らなくて。だからといって、楽しいから日に何章もやるってのは駄目ね。それは一周目の時によく分かった」

しばらく、學は無言で集中し、一段落したところでペンを置いた。

「やはりヘブライ語は難しいよ。僕は、ギリシア語もヘブライ語も八十からの手習だから」

「すごいですよ。普通はできない」統一は首を振りながら、言う。

「カール大帝が、何とかラテン語を書けるようにと頑張った、という話知ってるかな？　それに影響を受けた。でも結局彼は書けるようにならなくて、有名なKAROLUSの組合わせ文字《モノグラム》の署名も自分で書いていたのは真ん中の菱形《ひしがた》だけだったんだってね。僕もこうやって見よう見まねで写字生やってるけど、多分結構間違ってるんだろう」

目の前の庭では、ゆっくりした時間が流れていた。學はまたペンを取って、続きを書き始めた。ふと、統一は思い付いて、「先生、もしかして、こんな言葉ご存知じゃありません？」と、義父の許しを得てからペンを借り、彼の写経用のノートの欄外に「愛はすべてを混淆《こんこう》せず、渾然《こんぜん》となす」と書いて見せた。遂に最後の頼みの綱に寄りすがったわけで、駄目で元々だった。案の定、義父は頭を右手で押さえ、「いやあ」と困って、「これは……ノヴァーリスかしら？」と訊く。

「そんな感じもしますが、どうやらゲーテの言葉らしいのです」そして、統一は例のティー・バッグのタグの話をした。それが自分に当たったとき、イスラエルへの新婚旅行の際の一シェケル硬貨のことを思い出したのだ、とも言った。「牧師と、神父の方と、収さんだけ当たったって」

すると、學は「ああ、あれねぇ」と遠い目をしながら、のそのそと立ち上がり、財布を持ってきて、そこから件の硬貨を取り出したのだった。統一はてっきり叔父が亡くなったとき譲り受けたのだろうか、とも思ったが、違った。義叔父は神学校に行く前、學にそれを渡しに来たのだそうだ。

「自分が神に選ばれたという証拠は要らないって言ってね。勿体無《もったいな》いんで、貰っちゃった」と學は笑った。それから、「いつか君にあげるね。上の本も皆あげる。僕にはこれがあるから」と徳歌の論文を指差して言った。統一はそれに対し、やはりこの人は老いた、という感想を持ったが、それは昨日「もっと光を」を読んだ時とはまた違う意味でそう思ったのだった。

「あれは先生の孫ですよ。興味の深さ、発想の豊かさはもう私以上。ちゃんと勉強さえすれば、学者になれる」

「ならなくてもいい。あの娘《こ》に学者の言葉は窮屈だろう」と學は微笑を浮かべつつ、言った。「統一君。言葉探しは学者の本分。ミイラ取りがミイラになったって構わない。でもね、言葉はどこまでいっても不便な道具です。使い慣れる、ということがない。僕は未だに和子と喧嘩するよ。たまに会う若い学生さんの言葉を遮りもする。誰かの言っていることが全然分からなくて、耳が悪いふりで誤魔化したり……その代わりになるものがなかなか見つからないから、ずっと使っているだけのことでさ。僕はねぇ、こう考えたことだってあるんだよ？　例えばセックスはどうだろうって？」

學がこんな露骨な単語を口にすることに統一は眉を顰《ひそ》めると同時に、思わず姿勢を正してしまう。

「うん、これは言葉より確かだ。近く感じる。何より温かい。でも続かない。やはり、僕は言葉の方が性に合う。何かと刹那《せつな》的な感覚に辟易《へきえき》している世代だから、不変的な、それでいて普遍的なものが欲しいんですね。そして、結局、僕には祈りしかなかったんだよ。つまり、今自分が語っている限界のある言葉を、聖霊が翻訳して、神に届けてくれる。それによって、何はともあれ、すべてやがてよしとなる、と信じること。もしかしたら、あらゆる言葉は何らかの形で祈りになろうとしている、ともいえるかもしれない、とこう思うんだね……や、悪いなぁ、君にはいつもこうやってお説教をしてしまって。ま、君らの家族はいつ見ても仲がいいし、心配したことはない。のりちゃんを見てるとよく分かります。ただ僕がまだ君の先生の振りをするなら、『お前の努力は愛の中にあれ、お前の生活は行いであれ』です。それだけ忘れなければ今のところ問題ない。これ、ゲーテだったよね？」

「うん。そうです」と統一は頷《うなず》く。これはすぐに分かった。『ヴィルヘルム・マイスターの遍歴時代』。

間も無く、和子が起きてきて、朝っ腹から昨日の残りのビールを飲む。「統一君も飲んで。余らせても、父さん飲まないんだから」と言われて、「仕方ないなぁ」と立ち上がり、統一もワインを飲む。


その日、芸亭一家は特段何かしに行くでもなく、例のゆっくりした時間を堪能した。しかし、午後四時になった頃、ナルとゴルが鳴いた。「地震」と義子が言って、「うーん、三くらい？」と徳歌が応える。しかし、間も無く、TVのバラエティ番組が地震の中継に切り替わった。「父さん、石川の方……六強だって」と和子が庭いじりをしている義父に伝えた。統一は學が目を閉じているのを見つめていた。

当然、彼らの中では十三年前のことが思い出される。

それからの三日間は、TVは常時流しっぱなしにし、學は徳歌の論文を読み、何かしら動きがあると手を合わせて祈っていた。徳歌は持参した本を読んだり、ノートPCに何かを書き込んだりした。統一は金沢の知人の安否を気にしつつ、ピスタチオを摘《つま》みながら、『もっと光を』を読んだ。「ゲーテ『牧師の手紙』を読んで」で、ゲーテの思想とパウロ書簡との関係を論じている箇所で統一の論考がかなり引用されていた。

ピスタチオの殻積み果てつ。近くのスーパーまで買いに行く、これが三日間で唯一の外出となった。そういえば、イエスの死から三日間、弟子たちは隠れ家に閉じこもっていたようだけれど、誰が食料を調達したのだろうか？　そんなことを思って、學に聞いてみようかとも思うが、結局質問自体忘れてしまう。義子は父と一緒に庭の手入れをし、夜には姉と遅くまで話した。毎日、義母譲りの料理上手な和子が総監修した（実際の料理工程には、義子も統一も、普段料理を一切していない徳歌すら役割を与えられたので）御節《おせち》を食べた。アスパラの八幡巻き、アボカドとチーズのテリーヌは特に美味《うま》くて、どんどん進んだ。ナルとゴルはどんなときも義子にべったりだった。和子から、「統一君。妬《や》かない？」と訊かれたときは、妻と義父の手前、何と返答したものか困り、「むしろ義子に妬いてしまう。僕だって、この子らともう結構の付き合いなのに」と辛うじて答えるしかなかった統一だが、その三日の間に散々努力をして、段々ナルの方とは馴染み出し、そこからゴルとの関係も構築できそうな気がしていたが、結局、最後まで彼は統一に寄ってこなかった。

　四日の朝、統一たちは実家を発った。別れを惜しむ和子と、義子がいなくなることを理解し明らかに挙動不審なナル・ゴルを、運転席から眺めている統一に、學は徐《おもむ》ろに近付いてくると、耳元でこう言った。

「統一君。あのゲーテの言葉だがね。君はそれを見つけられるでしょう。その言葉が本当なら」

統一は學の言わんとしているところがよく分かるようで、よくよく考えればちっとも分からなかった。「本当」というのはどういうことか？　「本当（のゲーテの言葉）」ということ？　それとも……。

三田の自宅に帰ってくると、再び、一家は離散した。徳歌は自室へ入り、何も言わずに家を出て行った。義子はYouTuberの個人教授のためにリビングを占拠する。統一はとりあえず、ドイツ語のゲーテ全集を開き、名言を探す。しかし、今までにない疑問が浮かんできた。「愛はすべてを混淆せず、渾然となす」。これは「本当」なのか？　愛はすべてをそれぞれのままで結び付けることができるのか？


その晩、徳歌は帰ってきた。統一は思い切って、「彼氏のところ？」と訊いてみて、彼女が頷くので、「そう」と言った。食事は統一が作った。と言っても、和子の持たせてくれた雑煮がメインで、統一はチーズを載せた餅を焼いて、海苔で巻いただけだったが。その日、徳歌は録画された番組の中から、数ヶ月前に録《と》ってあったものらしい、昨年度末に逝去した大江健三郎の追悼番組を選んだ。様々な著名人が自身と大江作品との関係について語っていた。娘はそれを見ながら、例の如く、机の上に転がっているボールペンを手に取り、ささっと手の甲に何か書き留めている。統一はそれを見つめ、気にしないふりをする。

「ねぇ、パパ。例のTV番組はどうなってる?」と突然徳歌が尋ねる。

「うん?」言われてみて初めて、統一は書斎に置かれたゲラのことを思い出した。「ああ。そうだった、もうすぐテクストの締切だ」

「着ていくものは決めてるの?」

「別に。いつも講義で着てるのでいいだろう」

「折角だから格好いいの着てよ。前に、Kさんが出てる回、オシャレだったよ」

「じゃあ、放送大の頃、使ってたやつにしようかね」

「もう。あれは使えないって。前に言ったじゃない」と妻が急に苛立《いらだ》った声で言った。

「そうだったっけ」と統一はとぼける。そういえばそうだった、と思いながら。「兎に角、まだいいよ。衣装のことなんて」

そのとき、TVの向うで、ある人が『洪水はわが魂に及び』からの言葉を紹介していた。

青年よ、祈りを忘れてはいけない。祈りをあげるたびに、それが誠実なものでさえあれば、新しい感情がひらめき、その感情にはこれまで知らなかった新しい思想が含まれていて、それが新たにまた激励してくれるだろう。そして、祈りが教育にほかならぬことを理解できるのだ。

『カラマーゾフの兄弟』におけるゾシマ長老の遺言からの引用。だから、厳密に言えば、大江の言葉というより、ドストエフスキーの言葉と言うべきところかもしれないが。しかし、「祈り」か。正月の縁側での義父の言葉を思い出す。そういえば、義父は大江氏と同期で、キャンパスで見かけたこともあったそうだ。義父自身、渡辺一夫が訳したトーマス・マンの本を読んでいたので、大江氏と渡辺先生の蜜月ぶりが羨ましくもあった。しかも自分でも小説を書こうとしていたこともあって、例の「奇妙な仕事」を読んだときはとてもじゃないが認められなかった。「でも、結局それから小説を書く気にはならなかったから、やはり負けた、と思ったのでしょうね」と照れ臭そうに、少なからず誇らしげでもある微笑みを浮かべて学生たちに語ったことがあった。彼はそんなふうに、よく「私が誰それと会った時……」といった話を聞かせてくれたものだった。例えばランバレネのシュヴァイツァーに会いに行った話――統一はいつだったか、自分でも授業中にシュヴァイツァーについて語ったことを思い出した。確か、ゲーテとの繋がりから。それに対し、ある学生が「シュヴァイツァーの活動は、西洋中心主義、キリスト教の押付けであり、大学教授がそんな人物について語るべきではない」とコメントしてきたので、次の授業回でそれを批判した。「こういう受け売りの意見に固執するのでなく、君ら自身が愛の実践者となるべきではないのか？」。すると、それに対し件の学生が「私はずっとボランティア活動をしている。先生こそ愛の実践者なのか？」と更に長文のコメントを返してきたのだった。今になって、何故あの言葉を思い出すのか、統一には分からない。

いずれにせよ、かなり前の話だ。今の自分には、あれだけ確信を持って、誰かを肯定し、そのために誰かを否定して後悔することはできないだろう。『洪水は〜』からの引用は続く。

すべては宙ぶらりんで、そのむこうに無が露出している。「樹木の魂」「鯨の魂」にむけて、かれは最後の挨拶をおくる、**すべてよし！**

「**すべてよし！**」。これはカミュの引用だったか？　あるいはライプニッツかもしれない。「渾《すべ》て然り」。これはゲーテの言葉（仮）を俺が訳したのを然が直した言葉。そういえば先生も似たようなことを言っていた、と思いを巡らせながら、ふと娘の方を見て、驚いた。

何と、その朗読を聴きながら、徳歌は涙を流しているのだった。先ほどまで父親のＴＶ用の衣装の話をしていた彼女は、それが込み上げた感情を一番軽く外へ逃がす方法なのだと言わんばかり、クンといった音を鼻から眉間まで押し上げ、それから目を擦《こす》った。そして一旦机に突っ伏したかと思うと、ものの数秒で起き上がって、歯と歯の隙間からフゥとため息を漏らす。手の甲を見つめ、「あ、消えちゃった」と呟いた。

＊

いよいよ分からなくなってきた。ゲーテの名言のこともそうだし、娘のこともそう。それもこれも、あの言葉が見つからないからだ、とすぐ責任転嫁してしまえる便利さを思えば、いつまでもそれが見つからない方が都合の良さそうなものだったが。その晩、メール・ボックスを確認したところ、件の言葉に関する新たな有益な情報は特になかったが、「Johann」の名前があって統一は目を丸くする。手早く開くと、ドイツ語で以下のように書かれていた。

「トーイチ、久しぶり！　名前を見て、まさかと思ったが、文章を見て確信した。やはりゲーテの専門家となったわけだね。おめでとう！　にしても、『ゲーテはすべてを言った』だなんてよく覚えてる。で、『愛はすべてを……』ね。そりゃもう、ゲーテはそう言ったに決まってるさ！」

それから、彼の近況が手短に綴られ――小さな賞を貰った、個展を開いた、結婚した、子供が出来た、離婚した、画集を出した、再婚した、子供が死んだ、仕事を辞めた、実家に帰った、絵画教室で教え始めた――、「今は故郷のヴァイマルにいる。いつでも遊びに来てくれ」と住所と家族の写真を添えて、締め括《くく》られていた。内容は必ずしも明るいことばかりではなかったが、変わらない明るさが文面から伝わってきた。

統一は無性にヨハンと会いたくなった。彼と話がしたかった。彼の「ゲーテ曰く」が聞きたかった。それにつられて、自分でも「ゲーテ曰く」と軽口を叩《たた》きたかった。

休みが明けてから、義父の関係者に連絡をとって、『もっと光を』を渡しに行く。統一が思い付くのは、クリスマス・イブにメールを送った相手と殆《ほとん》ど被《かぶ》っていたから、全員から「あの言葉は見つかりました?」とか、「あれは一体どういうわけだったんです?」とか訊かれて、いちいち事情を説明せねばならないのは億劫《おっくう》ではあったが、一旦質問状を送り付けた以上は何度でも説明責任を果たした。ゲーテの言葉はもうこれ以上探しても無駄だろう、という気がした。ミュンヘン版とフランクフルト版にはまだ全部目を通したわけではなかったが、何となくこの中には載っていないのだろう、と分かった。TV用のテクストの締切も迫っていた。統一はゲラの最後の頁《ページ》にテープで貼られたタグを剝がし、それをまた済補《スマホ》に挟むと、ゲラを担当者宛に送った。『樹影譚』にあるように、この言葉を出典不明のゲーテの言葉として発表することで読者の誰かが情報を寄せてくれる可能性も捨て切れなかったが、自分があのクリスマスの夜の夢を信じているならそれでいいという思いもあった。

『もっと光を』について、当然然にも連絡していたが、これがいつになっても返信が来ない。数日待ってから、もう一度メールを送ってみるが、これにも反応なし。嫌な予感がした。然は確かに人付き合いを第一に重んじる人間ではないが、だからといって礼儀知らずでもない。論文の担当教官と学生じゃあるまいし、これまで統一とのメールのやり取りが遅れたことなど一度としてなかった。まして、學の論文集を渡すという話を無視するはずがない。統一はまず事故を疑った。しかし、そういった記事は見当たらない。事務局に問い合わせてみても駄目だった。《西洋文学》の授業後、綴喜を呼び止め、論文の話がてら然について尋ねると、彼も連絡が取れない、と言う。授業にも出てきていない。不安はいや増した。統一はK・Mの学籍番号を調べ、然について何か知ってることはあるか？　とメールで訊いた。彼女もあのシンポジウム以来会っていない、とのことだった。そして、実はあのシンポジウムの最中、ある噂《うわさ》を聞いた、と書いてきた。

「博把先生には言い辛いのですが、私もまさか、と思っていますし、ただこういう状況な

「ので一応伝えておきます。然先生の『神話力』の内容について、どうやら資料の捏造《ねつぞう》があったみたいで……」

しかし、結局のところ、統一と然は会うことができたのだ。統一が送った四通目のメールに対し、然は神保町のブック・カフェの住所と時間を指定した上で、「そこで会おう」と短い文章を寄越してきた。統一はわざわざ授業を補講にしてまで（学期末の忙しい時期で学生たちの反発は予測できたが、致し方ない）、言われた通りの場所・時間に向かった。果たして、然はそこにいた。予想に反し、いつも通りの彼で、統一を見つけると、「おい、ここここ」と手を振って呼んだ。『もっと光を』を受け取ると、それをパラパラ捲ってから、手提げに入れた。この一連の動作にも何ら不審な点はない。

「どうも有難う。先生はお変わりなく？」

「うん。一寸耳がね」と統一は余りに自然体な然に戸惑いつつも言う。「でも頭の方は相変わらずキレキレで」

「そうか、流石《さすが》芸亭學」と然は笑った。顎の鬚《ひげ》の剃り残しが気になった。「で、見つかった？　ゲーテの言葉は」

「いや。なかなかね。君の教えてくれたユゴーの言葉が一番近いくらいで」

っ
たか」

「ああ」と然はその時、一瞬ではあるものの確かに、悲しそうに言った。「そうか、なかったか」

統一はここぞとばかり、単刀直入に切り出した。

「然。何があったんだ？」一度振り上げた刀は一思いに振り切る。「捏造……したのか？」然は首を振る。しかしその表情からして、それは否定ではなかった。それについては言いたくない、あるいは、まだ言えない、が近かった。だから、統一もそれ以上追及することはしない。

ブック・カフェの店内には、彼らを除けば、絵本を探しに来た母子と、いかにも文学好きそうな老婦人、古本屋巡りに来たが歩き疲れて休憩していると思《おぼ》しき男性の他は誰もいない。統一は窓の外を見ていた。

「ジャムとサラダ」しばらくして、然が言った。

「ん？」

「ジャムとサラダ。あれは博把先生の名言だよ。ゲーテのじゃない」と然は言葉を選びながら、そう言った。統一がそれに対し何も答えようとしないので、続ける。「人はその思想全体ではなく、断片によって理解される。失言一つでキャリアを失う政治家や芸能人はその悪い例だけど、逆もありうる。例えばゲーテはスピノザの『エチカ』の一言だけでこの哲学者のことを愛さずにいられなかったんじゃなかろうか？　前に莫言《モーイエン》が『百年の孤独』を数頁しか読まなかったという話を聞いて、またまた嘘《うそ》だろ、と思ったことがあるけれど、さもあらん、結局作家や思想家っていうのはどこかから飛んできた木の葉一枚から、自分の森を創り上げてしまう人間だろう。だったら、我々読者の側でもその本の一葉から、新たな伽藍《がらん》を建築しなければ……」

然はしばらく話し続けたが、それはいつもの聴く者をワンダー・ランドに引き摺り込む手管ではなく、自分の城を墨守するための弓矢のような言葉だった。それは放てば放つほど、減っていく類の言葉だった。「君は独文学者だが俺は独学者になりたい。何なら、全知であるために無学になりたい」と然は言った。一ヶ月前の彼が言っていたら、名言にだって聞こえたはず。しかし、今の彼が何を言っても、統一の心に届きはしなかった。自分はこの友人に裏切られたのだ、と統一は思った。怒りがじわじわと身体を覆って、それによって彼は、自分がどれほど然のことを愛していたのか、ということを知ることができた。

何も言わず、統一と然は同じタイミングで立ち上がった。お互い、これ以上話すことはなさそうだった。しかし、店を出る段になって、然が「あ、これ」と声を出し、一冊の本を手に取った。

「この新人——驢馬田種人《ろばたしゅじん》、ってのは流石に筆名だろうが——の受賞作。『新孔乙己《こういつき》』って読むのかな、博把先生、読んだ？」

統一は首を横に振る。

「中国の田舎町の教師が急死するんだが、その教え子が語り手で、葬儀に参加するために帰国するんです。ちょうど張芸謀《チャンイーモウ》の映画にあったみたいに。その後、何人かの教え子たちで私塾を解体しに行くんだけど、ここらへんの描写が妙に凝ってる。所々に中村元先生のパロディとか、ディケンズを思わせる部分もあってさ。語り手は『先生』の残した詩を見つけるために小説を書き始める。まぁ、こういうと結構ありがちなんだけど、兎に角面白かった。先生も是非読んでみて」


然の薦めたのは、去年のクリスマス以来、統一の書斎の机に置かれていたものと同じ──つまり、『文藝共和国』の最新号だった。決して娘の趣味を信用していないというわけではなかったが、この時初めて統一はそれを読む気になった。最後にあの本を褒めているときの然の言葉は、一瞬だけだったが、本来の然が持っていた魔法を取り戻すかのようだった。娘と親友が同じ本を薦めたことに、特別な意味は読み込まなかった。そこに意味があるとすれば、あの二人はよく似ている、というくらいだろう。その雑学的嗜好《しこう》、アカデミズムに対する才能ゆえの不満。それは以前から統一も感じ取っていた部分で、だから一度ならず、徳歌を然に会わせたこともあったのだが、徳歌は統一が予想していたような反応を然に対して示すことはなく、それ以降、彼の本を読んでいるところも見たことがない。兎も角、友の審美眼は確かだ、と思いたいその一心で統一は雑誌の頁を捲った。

「新孔乙己」――語り手の「私」はロンドン大学のSOAS（東洋アフリカ研究学院）で馬礼遜《モリソン》の中国語文献コレクションの管理と授業をしながら、中国語で小説を書いている。四十六歳。学者としても作家としても行き詰まりを感じていたところ、故郷の村から「先生が亡くなった」との便りを受け取り、三十数年ぶりに帰国する。「先生」はまだ学校がなかった故郷の子供らに、かれこれ五十年に亘り文字を教えていた元挙子。「私」は葬儀の前日、私塾の同級生たちと再会し、酒を酌み交わす。必ずしも同時期に私塾に在籍していたわけではないが、皆「先生」の授業を受けたという共通点で打ち解け合って、三字経や百家姓から暗誦《あんしょう》するなどして楽しい夜だった。翌日の葬儀後、塾を解体しに行く教え子たち。既に村には小学校があり、私塾だった建物はすっかり廃墟と化している。作業をしながら、話は自《おの》ずと「先生」の授業のことに。皆が自分の覚えていることを言い合って、先生の講義録を作ろう、なんて声も出て、さながら仏典結集《ぶってんけつじゆう》またはソシュールの一般言語学講義。しかし、その内、「先生」は翰林院《かんりんいん》に入りたかったにしては凡才だったから実は科挙が廃止になって内心嬉しかったんじゃないか、といった声が出始め、それを「私」は悲しく聞く。「私」は「先生」に大きな負い目があった。「先生」が二十数年かけてまとめた類書を、北京の印刷所に持っていくよう託されたのだが、それを失くしてしまったのだ。事が発覚してからも、「先生」は「あなたを怒って、書いたものが元通りになるわけではありませんし」と「私」を叱ることはせず、もう一度類書の執筆に取り組んだ。それが完成する前に、「私」は英国へ渡った。あの類書は完成したのだろうか？　私塾に隣接された「先生」の住居を探してはみるが見つからない。結局、塾は夕方には解体され、後には何も残らない。ここまでが前編。

後編からは「先生」の伝記部分（恐らく、ＳＯＡＳに戻ってから「私」が書いたものだろう）。「先生」は子供の頃から、一族の期待を一身に引き受け、科挙のための猛勉強に励む。天才的な記憶力。周りの受験生らが豆本やカンニング用の服を製作しているのには目もくれない。しかし、ある日、長髪賊の残党から『神天聖書』について教えてもらってからというもの（恐らくここが、然の言っていたディケンズのパロディ部分だとは分かったが、中村元云々については見つけ切らなかった）、彼の中では未知の書物に対する興味が日に日に増していった。父から英国人の北京での文化破壊を聞いて怒りに燃えるが、心のどこかで、永楽大典の上を走る戦車に憧れもする。自分もまた万巻の書物に跨《また》がりたい。そのために何としても翰林院に入らねば。毎晩、科挙の試験のイメ・トレをする。目を瞑《つぶ》ると、科挙の試験会場が見えてきて、千字文の振り分けられた試験ブースに入り、脳内の書庫から文字を取り出す。しかし、彼が二十五歳のとき科挙が廃止になる。彼は絶望し、国中を彷徨《さまよ》うが、やがてある田舎村に住み着くことになる。そこで一人の少女と出会い、恋に落ちる。そこで私塾を開き、子供らを養育することに生き甲斐《がい》を見出す。

大体こういった話だった。感動した。特に「私」が「先生」の失われた類書を探すために、「先生」の伝記を書く、という物語の構造に。勿論、自分のクリスマスの夜の犯行のことが頭に浮かんだ。それと同時に、然のブック・カフェにおける主張が自分の無意識的な欲望と通じていることを発見し、たとえ彼が何をしていたとしても自分は彼を単に切って捨てるような真似はしまい、と思わされた。

読み終わると、心は晴れやかで、娘はきっと自分が名言探しをしているから、この話を読ませたかったんだろう、確かにSOASで学問に行き詰まりを感じている「私」が、その打開策として「先生」の類書を探す、というのは余りに今の俺の状況と酷似している、と都合よく考えもした。それにしても、驢馬田種人とは変わった名前を付けたものだ。炉端（の）主人とはね。一寸奇を衒《てら》い過ぎている感もするが、どんな人物だろうか？　作者経歴の欄は空白だった。もしかしたら、高名な東洋学者が手遊《てすさ》びに書いたものかもしれない、と統一は考えた。

V

翌月の金曜、「然紀典氏《しかりのりふみ》『神話力』における捏造《ねつぞう》と盗用について」という文書が発表され、それは瞬く間に拡散し、緊急の会議が持たれることになった。然にも勿論《もちろん》出席が求められていたが、彼は来なかった。会議室に入ると、既にその内容を見知っている参加者たちの顔は青ざめ、息も絶え絶えという感じだった。皆好き嫌いは別としても然に一目置いていただけあって、ショックは大きかった。統一《とういち》はその場で初めて、友の犯していた罪の詳細を知った。

それによれば、『神話力』に限らず、然紀典の捏造と盗用は日常茶飯事で、第一著作『やさしくはやさしいか？』及び姉妹編に当たる第二著作『寛容は寛容《くつろげ》るか？』の時点でその萌芽が見られるが（前者p.132における引用が原文の意図を汲んでいない、とか、後者p.50のチェスタトンの引用の訳が怪しい、など）、年を追うごとに悪化していった。第三著作『自慰の系譜』ではエゴン・フリーデルの架空の文書『諸民族の宴』から合計で十三行に亘る引用をしており、第四著作『真面目な異端、愉《たの》しき正統』では架空のプロテスタント神学者 Isaiah Hong-Dasan の論考『バルトにおける〈然り〉の現代的意義』を捏《でっ》ち上げるに至った。まだ調査段階ではあるが、恐らくこの他にも架空の著作・人物を数多く捏造していたはずで、第五著作『しるしを欲しがる人々』からは更に露骨になっていく（例えば、エピグラフに置かれた Willem van Haecht の「ルーベンスとブリューゲル」なる文章、第三章で重要な意味を持つ無名の図書館司書の手記も存在していない）。またこの時期からは盗用も増えていき、「然氏は他人の文章を、まるで古紙を梱包《こんぽう》機で圧縮し、パルプと共にドロドロに溶かすように、自分の文章として用いることに何の違和感も覚えないようになっていった」（この辺りの文章が中々上手）。然の虚言はこの頃から妄想症の領域に入っていったと思われる。そして、今回の『神話力』では「架空の人物の著作の盗用がその八〇％以上を占める」ことになった。

それは驚くべき報告文であった。この文章自体一種の妄想の類ではないか、と思われるほどに。執筆者である惟神光《いしんひかり》なる人物は統一の全く知らない人であったが、恐らくあのシンポジウムにも出席していたのだろう、中盤のシンポジウムに関する報告は特に微に入り細を穿《うが》って、その中での然の発言は殆《ほと》んどが妄想であったと徹底的に扱《こ》き下ろされ、あの日の統一の楽しい記憶を粉々に粉砕した。惟神氏は「このような人物の書いたものがもう四十年間もアカデミックな世界で罷《まか》り通ってきたことに戦慄を覚える」とし、それを許した日本の大学関係者のことを激しく糾弾していた。統一は何度か、その文章を読み直した。そして、不謹慎であるとは知りつつも所々では笑いを堪《こら》えられなかった。この惟神氏というのは、然のファンではないかしら、と彼には思えて仕方なかったのだ。そうでもなければ、然の著作をかくも細かく分析することができるだろうか？「然氏の著作はこれまで丁寧に読まれてこなかった」とする一連に至っては、自分の好きなバンドの歌詞やパフォーマンスに必要以上の意味を見出し、それを理解しないまま、ただ聴いて盛り上がって踊り狂うことのできる人たちを嘲弄《ちょうろう》するマニアのような雰囲気が色濃かった。確かに然の著作の毎度膨大な文献リストを点検しなかったことに、統一としても責任を感じないわけではなかった。ただ、この惟神氏のように読むことはとてもじゃないができなかった。然のことを個人的に尊敬し、愛している自分でさえそうなのだ。然のことをここまで憎々しく思っている惟神氏は、何十年も血眼になって然の本を捲《めく》ってきたというのだろうか。それは最早一種の愛ではないのか？　無論、憎しみを糧とする表現は存在する。しかし、目の前のそれがそうとは思えなかった。百歩譲って惟神氏が極めて冷徹な分析者として、然の著作を読み込んでいたとしよう。その場合、これが一番気になるところだが、この「以前から、然氏の著作に疑念を抱いて」いた惟神氏は、何故、このタイミングでこの文書を発表したのだろうか？　然は既に六十である。まさか、彼の引退の頃合いを見て、というわけでもあるまいが……。

その日の教授会では然の処分は決まりきらなかった。ただ、現に彼が失踪してしまっている以上、然が現在指導を受け持っている学生たちについては他の教授たちで分担してケアをする、ということと、その割り振りだけは一応決まり、統一は綴喜《つづき》の担当になった。

会議の後、然の学生たちの新たな担当になった教授だけで集まり、これからの話し合いをした。ここで二つ不思議なことが判明する。まず第一に、然の担当していた学生たちは皆、既に様々な教授たちに論文のチェックを依頼していたらしく、しかも全員、執筆を終えていたのだった。それにも増して不思議なのは、この教授たちが全員、然から何らかの形で学生たちを頼むと言付けられていたことだった。彼は自分の身に起こることを予期して、その中でせめて生徒たちの未来だけは守ろうと奔走していたのか。まさに師走だったんだね、と誰かが言って、誰も笑わなかった。K・Mの担当となったTは、

「然先生、あのシンポジウムの前々日だったかな、K・Mを連れてきてね、一緒にパネル・ディスカッションの予行練習をしよう、なんて言うんだよ。それで三人で食事をしに行って、そのときに『先生、K・Mをよろしく。彼女は院に行って、いいものを書くよ』と。私は随分自分の学生のこと褒めるんだな、と彼らしくない、と思っていたけれど、実

際、K・Mはあの通り、優秀な学生ですし」

と言いながら、「全く、あいつ馬鹿だよ。俺たち全員を馬鹿にしやがって。クソ、クソ」と地団駄を踏んでいた。それは明らかに、然の人間性に失望したというのではなく、彼の本来の才能を認めた上でその犯した罪を悔やむ、という調子で、他の教授陣も大体同じような具合だった。

*

二月。統一は「眠られぬ夜のために」の収録のため、TV局にいた。「生徒」役の芸能人のスケジュールの都合で、本来は二日に分けて撮影するはずだったのが、四夜分を一気に録《と》ってしまうということを当日に知らされた。統一としては準備したテクストを元に番組サイドが組み立てた台本に則って話をすればいいだけだったから特段支障はなく、四夜分の衣装は、局側が用意してくれていたものを素直に着る。

映画『教授と美女』で百科事典の編纂《へんさん》者たちが仕事をしている部屋を思わせる、半周を本棚で覆われたスタジオで、「先生」も「生徒」も淡々と仕事をこなしていった。読書好きだというアイドルだかモデルだかの女の子Oはどれだけ統一が質問しても自分の意思では決して話そうとしなかったし（そこに一種の固い意志を感じるほどだった）、高学歴が売りの芸人Kはウケだけを狙って、統一の発言でネタになるものがあれば、いつでも調理してやろうと眼光鋭く待ち構えていた。そもそも課題図書である『ファウスト』を読んできていない時点で、大学教授からすれば「生徒」とは呼べないのだが、制作サイドからすれば、これは『ファウスト』を読んだことのないTVの一般視聴者の目として欠かせないキャスティング。勿論、「眠られぬ夜のために」の初回からレギュラー出演しているアナウンサーと漫画家のO・Kは流石《さすが》に課題図書、少なくとも統一のテクストは読んでいて、時々興味深い意見が飛び出すこともあったが、収録は至って平凡に、しかし（だからこそ？）滞りなく進んだ。

統一はその収録に、然の『神話力』を持ってきていて、休憩時間になると楽屋でそれを読んでいた。その中に、統一は然の内なる叫びの如きものを読み取ることができた。例えば、「ルターの神話力」という項に、「彼が聖書にはない言葉を挟んで聖書の本文を引用したとき、野次が飛んだ。そのとき彼は『マルティン・ルター博士はかく語るであろうと言い給え』と怒鳴り返して満足したという」といった記述がある。これが、単なる学術研究の域をはみ出しているのは確かだが、そこには本当の心があった。

例の文書が発表されてからというもの、『思想手帖』の然の連載は一時休載という形を取り、『神話力』を出版していた新生社は絶版・回収を余儀なくされた。各社が然の他の書籍に関しても同様の措置をとるか否か判断しかね、大学側も釈明に追われ続けていたが、然と親交が深く、『神話力』の解説文も書いている統一の責任を問題視する声はこれといって見受けられなかった。専門分野の相違ということもあるし、統一と然の仲は長くて深いけれども別段表立ったものでもなかったから、当然といえば当然だった。しかし、統一としては、自分が『神話力』を優れた仕事と思ったことは事実で、然の才能も確かだ、ということを何かしらの形で示さねばならない、という気がした。

第四夜の収録が始まる。統一は青い服を身に纏《まと》い、スタジオに入った。作品の粗筋は大体語り終わり、『ファウスト』は「非常に真面目な冗談」である、というゲーテの言葉を引いてきて、結局のところ、この書斎劇《レーゼ・ドラマ》は悲劇だったのか、喜劇だったのか、という第一夜に投げかけておいた問いに一応の結論を見出そうとする、いわば結論部。

「皆さんはどう思いますか?」と統一は共に円卓についている四人に尋ねる。「これは悲劇でしょうか? 喜劇でしょうか?」

「うーん、私はやっぱり悲劇だと思いますね」とO。化粧を直してきた。「先生の今のお話で、どれだけすごい話かは分かったんだけど、どうしても第一部のグレートヒェンのことを思うと……」

「そうだよねぇ。大体、何でファウストを救いに来るんだって」Kが笑いながら、それに乗る。「芸人なんで最後は喜劇に、何でも笑いに、といきたいとこですが、俺も悲劇派かなぁ。結局これって、ゲーテっていうおじいちゃんの妄想、ということでしょ。それにしても、若い頃に捨てた女に救われた、これこそ愛だー、ってのはちょっとあんまり自己中心的ではない？　ねぇ？」

「なるほど」と統一はあくまで冷静に。「それについてはやはりゲーテも相当悩んだと思いますね。ある意味、ファウストという存在はそもそも悲劇の主人公であって、それを救済で終わらせた先例はないわけです。第一夜でやったようにマーロウも、レッシングも、皆ファウストの欲望を悲劇で終わらせた。でも、ゲーテはそうしたくなかった」

「僕はね」とここでO・Kが言う。「Oちゃんやkくんのいうことも分かるんだけど、先生が初回でちょっと触れられたチャップリンの言葉ですね、えっと『人生はクローズアップで見れば悲劇だが、ロングショットで見れば喜劇となる』ですか、これ、興味深くて。確かに『ファウスト』はファウスト博士の物語として、第一部ではその内面世界を探求、いわば、クローズアップしていたわけですよね。でも、第二部では彼のもっと広い、その……」

「はい、仰《おつしや》ることとてもよく分かります」と統一は感心したように頷《うなず》きつつ引き取る。

「よく文学の世界では、小宇宙《ミクロコスモス》と大宇宙《マクロコスモス》といったりなんかしますが、主人公のクローズアップだった第一部に対し、第二部ではかなりロングショットになっています。勿論、第一部でもある場面ではロングショットを使ってはいます。しかし、第二部はより意識的ですね」

「えぇ。これでね私一応漫画家だからさ（ここでKが「本当かなー？　最近漫画描いてるんですか？」とOに同意を求めながら揶揄《からか》い、O・Kは「描いてるよ！」と笑って返した。皆がそれでどっと笑うのだが、統一には何が面白いのか分からなかった）、兎《と》に角《かく》もう、思い出すのが手塚先生の俯瞰《ふかん》画なんです。主人公のストーリーが非常にドラマティックに進んでいるとき、突然、見開きになると、その中には色んな人がいて、ってある意味ボッシュやブリューゲルの世界風景画みたいなことを漫画でやっちゃってる。これ出来たのって、後の世代では本当、『マカロニほうれん荘』くらいで、今の時代の漫画には到底できないスケールですね。そういえば、手塚先生も『ファウスト』を描いてらっしゃって……」

と、ここまではすべてある程度決められた筋書き通り。だから、アナウンサーも手塚治虫の『ファウスト』のフリップを出すことができる。統一はそろそろ締め括《くく》りに入ろうとする。司会役のアナウンサーと軽くアイコンタクトをとりつつ。しかし、ここで急にOが手を挙げた。

「あの」と彼女は言う。「なんで喜劇にしたいんですか？」

「え？」

「なんでこの世界を喜劇として見ていたいんですか？」と彼女はもう一度はっきりと言う。統一だけでなく、演者も、収録スタッフも、全員の眼差しが彼女の方に注がれる。「ゲーテが——先生が、なのかもしれないけど——現に苦しんでいる、悲劇の只中にいる人が沢山いる世界を俯瞰したい、と思うのは何故なんですか？」

統一はこの突然の問いかけに対し、どう答えていいものかすぐには分からなかった。ただ、にこりと笑い、「はい。そこは非常に大きな問いかけだと思いますね」とひとまず頷く。それから、自分の脳内の在庫——テクストに書いた文字、最先《さつき》まで読んでいた然の本、あるいはO・Kやアナウンサーとの収録前の雑談、KのOに対するセク・ハラ的言動、今まで読んできたすべての本、何より『ファウスト』の言葉——から集めてきた言葉を急《きゅう》拵《ごしら》えで組み立て始める。

「ある意味、ファウストの『支配し、所有したい』という欲望は男性的・従来的と言ってもいいかもしれませんし、それを『永遠に女性的なるもの』が救済する、ということ自体が、ゲーテの中で織り込み済みだったという面は否めません。ゲーテのような巨匠が、世界文学のカノンとなることが定められたような大きな物語を紡ぐため、犠牲になった小さな物語というものは沢山あったはずです。最先、Kさんがね『自己中心的』という言葉を使ったけども、その通りだと思います。最後の、バウキスとフィレモンのエピソードなんて、ベアトリーチェ以上に恐ろしい、と私なんか思っています。ファウストはZu sehn, was alles ich getan（しまった、原文は使わないようにしてください、と言われていたのだった、と思い出して……）、つまり、彼の成し遂げてきたすべてのことを見るために、mir den Welt-Besitz、えー、自らの世界把握とでも言いましょうか、の障害となる菩提樹《ぼだいじゅ》を取り除こうとします。しかしそれによって、結局彼の世界はすべてではなくなってしまったんですね。ゲーテはある意味では俯瞰する場所に陣取ることの虚しさみたいなものも語っていることになります。ただ、ゲーテは客観的真理としてのニュートンの科学に対し、主観性を重んじました、という話は第三夜の『色彩論』に触れた際に話したかと思いますが。うん、ある意味、彼は自分の『自己中心性』をその限界も含めて、認めていたんじゃないか。その上で、すべての人があるがままに話している世界を『ファウスト』という作品に圧縮して、これはどうにも救い難い馬鹿げた代物だけど、そこに愛という帯を巻いた。それは彼が世界全体に対し、『渾《すべ》て然り』と言わずにいられなかったからで、彼は実際、こうも言ってるんですね」

そして、彼は自分の最も近くにあった言葉に手を伸ばしてしまう。アナウンサーは最先からパネルを探しているが、それが見つかるはずはない。

『愛はすべてを混淆《こんこう》せず、渾然《こんぜん》となす』」

やってしまった。統一はTV局からタクシーに乗って自宅に帰るまでの間、ずっと吐きそうだった。自宅に辿《たど》り着くと、ソファに倒れ込んだ。義子《あきこ》が「きゃ！　大丈夫？」と叫んで、徳歌《のりか》も自室から飛び出てくる。義子はすぐ夫婦の寝室から毛布を持ってきて、被せる。

「どうしたの、パパ？　何があったの？」

義子が頭痛に効くオイルをこめかみの部分に塗りながら、尋ねる。

統一は洗いざらい話した。自分が去年のあの結婚記念日のディナー以来、ゲーテの名言探しをしていたこと。その中で、然が事件を起こしたこと。今日、出典が確認できていない名言をゲーテのものとして発言してしまったこと。兎も角あったことを全部吐き出した（それでも、綴喜や學《まなぶ》の言ったこと、夢のことなんかは話さなかった）。しかし、学者ではない義子と学者になりたくない徳歌にその話の重要性は伝わらない。

「別にいいんじゃない。そんなの大した罪じゃないでしょ。むしろ、存在しない言葉をパパが言ったことによって、存在したことにできるっていいじゃん。Let there be the Word!」と徳歌は気楽に言っている。

「お願いすれば、カットしてもらえるんじゃないかしら」と妻はより現実的な慰めをくれる。

「分からない。でも、多分、あの話は第四夜の一番の盛り上がりだったから……」

事実統一の発言はOの「何故」という問いかけにはっきり答えるものではなかったにも拘わらず、あるいは明確な答えではなかったからこそ、現場の人々はそれをきっかけに色々なことを言い出した。それを撮影班が止めることもなく、四人で「何故」に対する答えを探り始めた。実験精神（K）とか、平和主義というより喧嘩嫌い（統一）とか、蒐《しゅう》集《しゅう》欲求（O・K）とか、それらは結局男性的欲求ではないか（これはアナウンサーだった）とか、皆が自分のゲーテを作り始めた。これを受けて、Oが「私はゲーテと同じ気持ちにはなれない。自分の話が『ファウスト』に組み込まれるのも嫌だ。でも、自分の『ファウスト』として、グレートヒェンとベアトリーチェとマリアの天国での女子会を想像することはできそうだ」と自分の蒔《ま》いた種をしっかり拾い集めて、話は無事収束していった。

「それにしても、まだ見つかってないんだ。あの言葉」と徳歌は言う。

「そうなのねぇ」と義子。「会社に問い合わせてみた？」

統一は最初、彼女の言っていることが分からず、「会社って、何の会社?」と訊《き》き返す。

「ティー・バッグの会社。あれを作った人は出典を知ってるんじゃないの?」

それは思い付かなかった。統一はすぐ済補《スマホ》で例のティー・バッグの会社を調べる。米国の会社名が出てきた。「私が訊いてあげよっか?」と徳歌が言うので、頼んだ。彼女はすぐ自分の済補で電話をかける。そして、三十分ほど——途中からは廊下に立って——強い口調で喋《しゃべ》り続けた。最終的には、穏やかに「Thank you for your help. Bye」と通話を打ち切り、眉を上げながら、「分かったよ」と言う。

「どうだって?」と義子が尋ねる。

「全く」と徳歌は不満げに言った。「わざわざ担当者にまで繋《つな》げて、結果は『名言サイトからとってきた』だってさ。まぁそんなことだろうと思ってたけど」

「名言サイト?」

「ほら、ネットに一杯あるでしょうが。誰それの格言、とか、人生を支える名言、とかさあ……」と彼女は急に文字文字《もじもじ》し始める。

「そうか、それを調べればいいんだな」統一は明らかに平静さを欠いて書斎に走り去ろうとするが、「あーパパ」と娘はそれを宥《なだ》め、諦めと覚悟の入り混じった表情でこう言った。

「それ、私に聞いた方が早いかも」

＊

統一はリビングで、徳歌の運営する名言サイト「Tree of Words」のトップページを眺めていた。ヘッダー部には、サイト名と「Amicorum communia omnia」という標語《モットー》が書かれており、下へスクロールすると、無数のカテゴリーが並んでいる。ひとまず「人物」というのをクリックすると、そこには更に偉人（宗教家、政治家、文学者、科学者……）とキャラクター（伝説上、創作上、漫画、アニメ……）という大きな括りが見受けられ、前者から文学者というのに進むと、大量の名前が五十音順にずらり。ひとまず「ゲーテ」をクリック。すると、何と全部で三百以上のゲーテの名言が出てきた。その中に、あった。

Love does not confuse everything, but mixes. —Goethe
愛はすべてを混乱させることなく、混ぜ合わせる。—ゲーテ
出典　調査中（2023.12.5）

関連項目に、「すべて」というのを見つけて、反射的にクリックすると、これまた沢山

の名言が出てきた。「すべてよし！」というのを発見し、クリックする。

すべてよし！──大江健三郎
出典『洪水はわが魂に及び』
意味・解釈　すべてはいい（加筆中　2024.1.3）
関連項目　大江健三郎・全肯定・「Let It Be 史」

「意味・解釈」の部分に思わず笑ってしまいながらも、関連項目「全肯定」をクリック。すると、「よし。──創世記」から始まり、「神は天にいまし、この世はすべてよし。──ブラウニング」、「すべてやがてよし。──T・S・エリオット」……と続くリストは膨大で、一旦、「すべて」に引き返してくる。今度は「すべては言い尽くされた。しかし万人によってではない。──カール・ファレンティン」というのを見つけ、クリック。

すべては言い尽くされた。しかし万人によってではない。──カール・ファレンティン
出典　調査中　引用箇所（『もうすぐ絶滅するという紙の書物について』p. 105）
関連項目　芸術・「すべては既に〜」構文

関連項目『「すべては既に〜」構文』をクリック。「言うべきことはすべて既に言われた。しかし、誰も聞いていなかったので、もう一度言わなければならない。―アンドレ・ジッド」、「すべては既に為された。我々の仕事はよりよくそれを為すことだ。―スタンリー・キューブリック」などが出てきて、いずれも出典は「調査中」となっているが、他の名言サイトのURLが書いてある。そういえば、ゲーテも夢の中でこんなことを言っていたな、と考えていたところ、「あらゆることが既に考えられ、言われている。われわれはせいぜいそれを別の形式や表現で繰り返すことができるだけだ。―ゲーテ」とあって、なるほど、「すべては既に」と既にこれだけ言われてきたのだ。にも拘わらず誰も口を閉ざす気はない、それが万人によってではないから（ファレンティン、ジッド）、より上手く、あるいは違うやり方で繰り返すことができるから（キューブリック、ゲーテ）、と理由は様々だが、畢竟《ひっきょう》、「War das das Leben?《これが生きるということか？》 Wohlan!《よろしい！》 Noch einmal!《さらばもう一度！》」といったところか。そこに、こんな言葉まであって驚いた。

ゲーテはすべてを言った。―ドイツのジョーク？

出典　調査中（2023.12.21）

統一はトップページに戻ってくる。今度はカテゴリー「テーマ」をクリック、一番上に出てきた「愛」をクリック、そこには例のティー・バッグのタグに書いてあった二十の名言は勿論、何と千三百個もの名言が並んでいる。恐れをなしてまたトップページへ。再びカテゴリー「人物」をクリック、「キャラクター→アニメ」をクリック、「ガンダム」をクリック。二つ戻り、「歌手」、「小沢健二」。一つ戻り、「藤原基央」……統一はそうやって、最寄り駅まで歩いて行った娘が、恋人を連れてくるのを待ち構えていた。話は二十分ほど前に遡る。

娘の部屋に入るのは、確か五年ぶりだった。大学受験を控え、志望校を変えたい、と娘が母に打ち明けた日の翌朝、父は彼女の部屋に入っていき、「のりの好きなことができる場所に行けばいい。そのために、親を好きなように使いなさい」と声をかけたのだった。それにしても、今自分が立っているのは、あの時の部屋と同じ場所だろうか？　家の中にこんな空間があったとは俄《にわ》かに信じ難い。ある意味、娘は父の言った通り、「好きなことができる場所」をこうして作り上げた、ということなのだろうが。

まず、目を引くのが本棚のレパートリーだ。『世界の名言名句１００１』に始まり、『中国故事成語辞典』、『ユダヤ・ジョーク集』、『カーネギー名言集』、『ポケモンことわざ大百科』、『ポケモン慣用句大全集』、『ブッダ100の言葉』、『落合語録』……等々、名言、名句、格言、故事、成語、諺《ことわざ》、慣用句、座右の銘など、その表現はまちまちではあったが、悉《ことごと》く名言集と言えるものばかり。他にも『ちくま哲学の森　別巻　定義集』、『ポケットに名言を』、『お楽しみはこれからだ』全七巻、『文読む月日』、『ガレッティ先生失言録』、毎年のローズンゲン、ルターの『卓上語録』まで。本だけでなく、CDのライナーノーツだけ並んだ棚は一際異様であった。

しかし、本棚だけだったら大した話ではない。問題は壁だった。そこには大量の言葉が張り出され、何かしらの前衛アートのようでもあった（統一の部屋のコルクボードの比ではない）。At the touch of love everyone becomes a poet—Plato があり、Love does not confuse everything, but mixes. —Goethe があり、芸亭學《うんてい》のクリスマス・カードがある。しかし、その多くがポストイットや大学ノートの切れ端やレシートの裏側に書きつけられた言葉であった。

「パパ、最初の名言集って何か知ってる？」この部屋の主人は歓迎の意味も込めてかクイズを出す。

「コヘレト？」客人は尋ねる。

「なるほど、そうきたか。いや、確かに」と出題者は自分の用意した答えについて再考を強いられる。「いや問題が悪かったな。そうですね、確かにコヘレトと箴言《しんげん》は素晴らしい名言集。では、一番代表的な名言集は？」

「うーん。『毛沢東語録』か？　確か、聖書の次に売れたのでは？」統一は今度もかなりいい答えを出せた気がした。

「はぁ、パパ、もっと私に寄せて答えてよ。いつも学生にそうさせてるでしょうが。もういい、私が勝手に話すから。勿論、はっきり最初ということはないにしろ、多分、最初の巨大な流行は、おじいちゃんも好きなエラスムスの『格言集』。それからやはり、モンテーニュの『エセー』。モンテーニュはね、もしエラスムスに会ったら、彼が召使に言うことすべてを格言や警句と受け取らねばならなかっただろうと茶化してるんだけど。兎も角、人文主義の時代。それは同時に名言採録帳《コモンプレイス・ブック》の時代でもあって、当時は一種の言霊信仰っていうか、兎に角、名言を言うとその言葉の力を身につけることができる、と考えられていたらしい。それは今でも続いてるでしょ。だから、人々は名言をお土産のマグカップに焼き付け、文房具に刷り込み、壁に落書きする、ふとした会話に織り交ぜれば教養人の振りもできる……。それからも名言集の伝統は続き、ジョン・ヘイウッド、ラ・ロシュフコーなどいまして、フランクリンの『貧しきリチャードの暦』が登場します。ここまではまだ、ある教養ある個人が古代からある言い回しを名言集として蒐集して紹介する、という啓蒙主義のニュアンスが色濃い。やがてマスメディアの時代が到来すると、政治家が、スポーツ選手が、宗教指導者が、ポップ歌手が、名言を引用し始める。彼らは全く好き勝手に名言を使います。それが一瞬にして、世界中に流布する。『何度もつかれる嘘《うそ》はもはや真実である』といみじくもレーニンは言ったというけど、引用回数が多ければ多いほど、それは真実となる。そして、今。あらゆるSNSの場で常時名言はボット的に生産・反復される……」

そう言って、徳歌は自分が運営している名言サイトを父に見せたのであった。黒い画面に、白い点描が木のように張り巡らされているのだが、その点描の一つ一つが実は名言なのであった。統一の見たところでは人を容易には寄せ付けない体裁に思えたが、これで結構閲覧数は多いらしく、有料の会員サイト「The Garden of Words」も運営していて、一寸《ちよ》っと《つと》した収益も出ている。こちらでは主に名言に関する記事を発表しているとのこと。『明日には明日の風が吹く』論」とか、「カーナビ的言語観」とか、「アインシュタインの愛の手紙の真贋《しんがん》」とか気になるタイトルが結構あった。そのヘッダーには「好きな言葉はlet it beです。冗談じゃなく」と書かれている。実際、この言葉に徳歌はかなり御執心のようで、「Let It Be 史」という記事は最も膨大で、未だ加筆中ということだった（「先生のお嫌いな英語で言えば、レット・イット・ビーですな」「それは聖書の言葉かね」「よく知りませんよ」という、中島らも『永遠も半ばを過ぎて』からの引用で始まっているこの記事の最新更新日は「2023.12.24」で、クリスマス・イブの牧師のメッセージに出てきたマリアの話が早速組み込まれているのだった)。

「昔から、善い言葉とは何か知りたい、って思って、蒐集自体は始めてたの。できれば、善い言葉だけ使って生きていきたかったから。でも、その言葉は正しいか？　あれは美しいか？　なんて問うことはやっぱりできなかった。正しいの基準も、美しいの基準も多すぎて、日常生活では判断が間に合わないし、疲れるだけだから。好きな友達や作家や芸能人の話を聞いてても、あ、今この人差別的なことを言ったな、とか、間違った引用をしてるな、とか、ボート・マッチ的に考えてたら、もう誰とも話せなくなるもんね。それより、今自分の役に立つか？　ということを考え始めた。実際、ゲーテも言ってるでしょ。『金言や名句は常に代用品に過ぎない』って。ママが病気になった時にいつもオイルの処方箋を開くみたいに、言葉を探すことができるように、と思って最初はノートに抜き書きしてた。でも、やっぱパパの子ね。どうにか、体系的な視覚把握をしたい、と思って、それでこのサイト」

と言うと、娘は「Tree of Words」のトップページの上の部分にある幾つかのカテゴリーを押すと、それに合わせて、散らばった点描がうねうねと動いた。

「ある一つの基準での系統樹、というのは中々難しかったので、カテゴリーで括り付けて……」

と説明してくれるが、統一の理解は追いついていない。それから、徳歌はこの名言サイトは自分の彼氏が設計してくれたのだ、と明かした。


娘の話はよく分かった。曰く、ティー・バッグの会社が引用した名言サイトについては、彼氏が分かるはず。何はともあれ彼氏に会ってもらった方が早い、という。彼女としては、この機会に父親とのギクシャクを解決したいとの思いもあってのことだったろう。

しかし、彼女から突然呼び出され、そのまま彼女の父親に会いに来る彼氏というのはそれはそれでどうなのか。意志薄弱で軽佻浮薄《けいちょうふはく》な今時の男だったらどうしよう？　一方で、「Tree of Words」のシステムの快適さ、見た目の美しさは、その人物の配慮とセンスの高さを確かに証《あか》しているようにも感じられた。

統一が、「The Garden of Words」にあった「優れた芸術家は模倣し、偉大な芸術家は盗む」というジョブズが度々引用したピカソないしストラヴィンスキーに帰される言葉と、「未熟な詩人は借用し、熟練した詩人は盗用する。良い詩人はたいてい大昔の作品か、違う言語の作品か、分野違いの作品から引用する」というエリオットの言葉から、モダニズムについて概観しようとする短い論考を読み終わった頃、博把《ひろば》家の扉が開いた。兎も角、会ってみよう、話はそれからだ、と統一は立ち上がる。果たして、娘が連れてきたのは、紙屋《かみや》綴喜であった。

VI

統一《とういち》は隣に座る綴喜《つづき》に、「サイン頂戴」と頼んだ。妻や娘にはなるべく聞かれたくなかったので、ごく小さな声で。綴喜は頷《うなず》き、手元のNiki de Saint Phalleの『*The Tarot Garden*』を閉じて、『新孔乙己』を受け取ると、表紙の下の方に、まず軸足の異常に長い「R」を書き、伸ばされた足に横線を書き入れ「T」とする。次に、その長足の左側に「A」を、最後の横棒が中心に十字を結んだ後、その先でクルンと「O」を巻いた。即ち、完成した図は上から時計回りに「R・O・T・A」。

「これは?」と統一は尋ねる。「驢馬田《ろばた》のRO《ロ》・TA《タ》、ということ?」

「それもそうなんですが」と綴喜は笑いながら、「種村季弘の『愚者の旅』に、これと似た図が載ってるんです。『ROTA』はラテン語で『輪』、サトール・スクエアにも出てきますが……」とRからAまでを人差し指でなぞった後、指先をTの字の上に置き、反時計回りに文字を結んでいく。「こうすると、TORA《トーラー》――聖書になります」

「なるほど、輪と聖書。面白いね」統一は聖書の通読と生活のサイクルを一致させる義父の姿を思い出す。そういえば、綴喜の描いた図形は學の言っていたカール大帝のモノグラムにもどことなく似ているようだった。

「それだけでなく」と綴喜はまた指先をTに持ってきて、今度は時計回りに結んでいく。

T、A、R、O……。

「TAROT《タロット》!」統一は気が付くと同時に思わず声をあげ、しかし周りは皆まだ寝ているから、口を押さえる。

「そう」と綴喜は声を潜めて、「まぁ、ちょっとしたお遊びのようですが、初めて知った時、すごい興奮して。だって、聖書という神聖な書物と、タロットという一種の百科全書的なものが結び付く、一つの図形。こんなことを真剣に考えて、話す人が学者なら、是非なりたいと思いましたが、僕にはその才能もなく」

綴喜の謙遜するような言葉には、若干の躊躇《ためら》いの色が滲《にじ》んでいるようにも感じられた。勿論《もちろん》、念頭にあるのは然《しか》りのことだろう、と統一は気遣いつつ、彼自身も悲痛な響きを打ち消すべく、「それで、今度はタロット蒐集《しゅうしゅう》家の話を書くわけね」となるべく明るく尋ねる。

「はい」彼が今書いている小説は、タロット蒐集家の男・萬集持太郎《ばんしゅうじたろう》の一代記。まだタイトルは決まっていないが、恐らく何やかんやあって「TARO」に落ち着くはず。

「科挙の話、面白かったよ」と統一は言う。

「有難うございます。然先生が、先生に教えてくれたんですよね？」

「うん。奴は君が書いたなんて全くおくびにも出さなかったけれど」でも、彼があえてそうした理由は何となく分かる気がする。「ねぇ、あれは『初恋のきた道』なの？」

「ああ、然先生はそう言うんですが」と綴喜は破顔しつつ、「自分としては、『ニュー・シネマ・パラダイス』のつもりだったんです。主人公を映画監督から学者にして、映画館を私塾に変えて、そこに自分としても興味があった科挙と中国の叢書文化を混ぜ込んで、あと徳歌《のりか》さんの塾での愚痴も折り込んでですね。勿論知識不足で一寸《ちよつと》無茶しちゃったな、とは思ってますが」

「そんなことないと思うけど」と統一は言いながら、「でも、よく分かった」と頷く。「だとしたら、今度の作品では君の好きなムンダネウムやらムネモシュネ・アトラスやら出し放題なわけ」と何となく、彼の書くものの予想がつく気もする。

「まぁ」と綴喜は笑う。「ボルヘス、カルヴィーノ、エーコのごった煮ができればいいです」

「それはもう」さぞかし美味《うま》かろう、と心の中で続ける。腹は下しそうだが。

二人は今、フランクフルトに向かう機内で話している。二人の後ろでは、義子《あきこ》と徳歌が眠っていて、そのイヤホンからは『マタイ受難曲』の音が漏れている。

徳歌の彼氏が綴喜であったことを知り、統一は「まさか」と思った次の瞬間には、「なるほど、それもそうか」と納得していて、その次の瞬間には「よかった」と安堵《あんど》の溜息をついたのだった。綴喜は前に「ごった煮」で会ったときよりずっと緊張した様子で、「徳歌さんとお付き合いさせていただいています」と頭を下げた。統一は彼を家に招き入れた。すべては何だかんだ言ったってまだ繋《つな》がっているのだ、と思いながら。

娘は綴喜との馴れ初めをそれはもう雄弁に語った。

「最初はやな奴やな奴って思ったのよ。イン・カレの読書会で、私が発表した後に、『そんなに引用ばっかじゃなくて、自分の言葉で言ったら』ってわざわざ注意しにきたの」

「いや、あれはだね」と綴喜は困ったような顔をして、統一と義子の方に向き直り、「うちの先輩たちが徳歌さんがあんまり優秀だから妬んで、かなり剣呑《けんのん》なムードだったんで、『もうちょっと抑えて』という意味で言ったまでで……」

しかし、徳歌は止まらない。このことをいよいよ統一に話せるのが嬉《うれ》しくて仕方ないという感じで。「もうカチンときちゃって、『言語システムそのものが引用なんだ』って私が言ったわけ。『ボルヘスだってそう言ってる』と。そしたら、綴喜が、『議論において権威を盾にする人は知力ではなく記憶力を用いているに過ぎない』と言ったの。『ダ・ヴィンチもそう言ってるよ』と。もう付き合うしかないよね」

そして、徳歌は綴喜が驢馬田種人《しゅじん》であるとあっさり種明かしし、「ねぇ、パパ読んでくれた？　綴喜君、才能あるでしょ？」と訊《き》いてくるので、統一は頷き、もうとやかく考えるのはやめた。

綴喜は例のティー・バッグの会社が参照したと思《おぼ》しき名言サイトをその日の内に特定し（中国人によるサイトで、当該記事は三年前のもの。英語で書かれていた）、その管理人に連絡を取った。統一はその作業をただ手を拱《こまね》いて見ていることしかできなかった。今まで自分がしていたのは、ある意味で悪魔の証明のようなものだったのだな、と彼は思った。あの言葉がゲーテの言葉である、ということを証明するために、ゲーテ辞典や全集を具《つぶさ》に見、多くの人々にメールまで送ったわけだが（未だにあの質問状に対する返答は増えていた）、それは結局、あの言葉はゲーテの言葉ではない、ということを証明しようとすることでもあったのだ。そして、非存在という悪魔を追い続ける限り、彼は安全ではあったろう。何故なら、それは不可能だから。それこそ、ファウスト教授がメフィストフェレスと共に、世界のあらゆることを追い求め、自分を満足させるものはない、とないものねだりを続ける限り、安全であったように。しかし、彼はあの日、徳歌の言葉を借りれば、

「言あれ《Let there be the Word!》」と願ってしまった。あの言葉をそこにあらしめよう、としたのだ。無限と無の切れ目のない境界線を反復横跳びしている快楽から離れて、祈った。神に。

結局、その日の間には名言サイトの管理人からの回答はなく、八日経《た》って漸《ようやっ》とそれは来た。徳歌はバイトで家を出ていたが、綴喜は再び家までやってきて、その回答を報告してくれた。結論としては、その名言サイトの管理人もまた別のインターネット上のサイトを参照したとのこと。それはWeberなる人物のブログのようなもので、花の写真に添えて、ゲーテの言葉として例の文句が掲げてある。

Die Liebe Gottes vermischt alles, ohne verwirrung

「Love does not confuse everything, but mixes」というのは、ここから「Gottes《神の》」という要素を外し、英訳されたものというわけか、と統一は納得するが、だからといって、そこに出典が明記されているわけでもなく、期待は外れた。いよいよ万事休す、と思われたとき、花の手入れをしていた義子が後ろから叫んだ。

「わ、なんで、ウェーバーさんのサイト見てるの?」

事情が呑《の》み込めない統一はしばし沈黙し、悟った。Weberとは義子の好きなYouTuber

であることを。そして思った。自分の名言探しは決して意味のないことなどではない。すべてはちゃんと繋がっている。何故なら、すべては何かから生まれ、我々はまだ生きているからだ。

義子がウェーバー氏とのやりとりを重ね、件の言葉について尋ねたところ、「その言葉のことなら、ぜひ我が家へいらっしゃい。見せてあげる」との返信があり、統一としては、その言葉を不審に思わないでもなかったが、義子はもうすっかりその気で、徳歌にチケットを取らせていた。統一としても悩んでいる場合ではなかった。徳歌が綴喜を連れていくということに対し、反論する余裕もなかった。綴喜以外の学生に対する論文指導、会議の処理、卒業式を終えたのも束の間、四人は成田へ向かった。

こういうわけで、間もなく博把《ひろば》家と綴喜の四人はフランクフルトへ到着しようとしている。統一からすれば、パンデミック以前は学会等でかなりの頻度訪れていたものが、急に四年も空いてしまったわけで、何だか嘘《うそ》みたいな気分だった。家族揃っての訪独はかれこれ十一年振りのことである。

＊

フランクフルトの教会では、四旬節《レント》のため多くの人々が紫の服を着ていた。義子もまた、紫の服を着た。義子と並んで、木の椅子に座り、パイプオルガンの音色を全身に浴びながら、統一が思い出すのは、これまた新婚旅行の思い出。そこには、例のピーターズ・フィッシュのシェケル硬貨のような、はっきりしたエピソードはない。ただ、二人はそこで初めて体を合わせ、徳歌を授かった。それまで、二人は決してそういった行為を遠ざけていたのではない。しかし、何故か上手くいかなかった。それがあの新婚旅行のイスラエルで、彼らは初めて互いの思いと力と行為を尽くして、愛し合うことができたのである。そうなった理由を統一は義子と今の今まで話したことはなかった。しかし、話してみてもいいかもしれない、と思った。

礼拝が終わると、一行は会堂の前の方に座っているウェーバー氏に挨拶した。ウェーバー氏はもうすぐ八十になるとは思えない、少女のような瞳をした女性だった。統一も、昨晩のホテルの部屋で、義子のおすすめの動画を何本か見てきていたのであぁ実在するのだな、と結構感動した。まして、義子の感動といったら筆舌に尽くし難い。

「あなたがアキね！　遠路はるばるようこそ」ウェーバー氏は言った。統一はその言葉を義子に訳し、義子が「お会いできて、本当に嬉しいです」と言ったのを伝えつつ、自分でも挨拶をした。

「あー、あなたが旦那さん？　ゲーテの学者さんね。アキが教えてくれましたよ。そうですかそうですか」

それから、ウェーバー氏と義子は互いの手を握って、会堂に飾られた棕櫚《しゅろ》の葉についてしばらく会話をしていた。お互いの言葉は分からないはずなのに、二人はちゃんと理解し合っているようだった。やがて、ウェーバー氏は教会の庭を義子に案内したい、と言い出して、統一はその後ろについていき、二人の話を聞きながら、時々補足に入った。

それから彼らは綴喜が借りてきていたラベンダー色のレンタカーに乗って、ウェーバー氏の家まで向かう。ウェーバー氏が「そこ、右ね」「あ、今のとこ左だった」とかいうのを統一が訳し、綴喜はそれに落ち着いて対応した。やがて見えてくるウェーバー氏の家(例のYouTubeの動画の舞台であるから、義子は失神寸前)は石造りの、こぢんまりとした建物だったが、その庭は限られた空間の中に無数の花や植物が凝縮されていた、特に菫《すみれ》が綺麗だった。

駐車場に車が入ると、家の中から若い青年が出てきた。彼も動画の中に登場している。

夫に先立たれたウェーバー氏に、YouTubeを撮ることを勧めた詩人のノア。とすると、当然彼の後ろには、ウェーバー氏の孫娘であるエマがいた。ウェーバー氏は部屋に入り、木の棚まで歩いていくと、何とも呆気《あっけ》なく、その手紙を取り出した。

「はい、どうぞ。これがゲーテの手紙ね」

　彼女は統一に一枚の古い紙を渡した。すると、すぐ庭へ行ってしまい、義子もそれについていった。徳歌と綴喜もノアとエマとそれぞれ並んで、それに続いた（若者たちは英語で難なく会話をしている）。部屋に一人になった統一は、椅子に腰掛け、ウェーバー氏の手渡してくれた手紙を生唾《なまつば》を呑み込んでから、読んだ。そこには、こう書かれていた。

「この前は花をどうも有難う。一風変わった形をしているのに、香りは確かに薔薇と似て、何とも不思議なものです。これを友人に見せたら、こんなものでも花なのか、と驚いていましたよ。しかし、実に神の愛は一つの花からすべての花を萌《も》え出でさせました。それを知れば、我々人間もいずれは混乱せず混合できるものと信じることができます。ゲーテ」

　統一は目を細めた。まず、頭にこれまでこの言葉が辿《たど》った経緯を整理しようとした。

「神の愛は一つの花からすべての花を萌え出でさせました。それを知れば、我々人間もいずれは混乱せず混合できるものと信じることができます」を、あのウェーバー氏が「神の愛はすべてを混乱なく混合する」と要約し、それを見た中国人の名言サイト管理人が神は外して英語に訳す。そして、これにアメリカの会社が目を留め、自社のティー・バッグのタグに名言として載せる。確かに、そういう流れだったのだろう、と統一は思う。しかし、問題はこれがゲーテの真跡か否か、ということだった。正直言って、彼はそれをゲーテのものとは思えなかった。その筋の専門家ではないから、決して断定することはできないが、ヴッツ教授の下で散々ゲーテの直筆原稿に目を慣らしてきた。大体の感覚は備わっている。代筆の可能性もあるだろうが、それにしたって、これはどういう手紙なのだろうか？　兎《と》も角《かく》、済補《スマホ》で撮影した。

庭に行くと、ウェーバー氏が義子たちに自らの作品を披露していた。統一もそれを聞いた。

「ま、そろそろ食事の時間ね」ウェーバー氏は目を見開いて言った。「日本からの客人ですから、腕によりをかけてもてなすわよ。アキも手伝って頂戴ね」

若者四人は買い出しに向かい、統一は義子とウェーバー氏と一緒に庭でパセリを摘んだ。その時、統一はウェーバー氏に尋ねた。

「あれは、すごい手紙ですね。どういった経緯で？」

「ああ、あれはね」しゃがんでいたウェーバー氏は土のついた手をエプロンで拭き、統一の手を取り立ち上がって答える。「私の父方のお祖父ちゃんのお祖母ちゃんがゲーテの恋人だったのよ」

「へぇ」とも「はぁ」とも「ふぅん」ともつかない、強いて言えば「ひぇー」というのが一番近そうな感嘆を漏らして、統一は頷く。

「それで、ゲーテから送られた手紙なの。でも、変な手紙よね？　少なくとも恋人同士という感じはしないわね。しかも、あれ一通しかないのよ？　うちの父が研究所に寄贈しようとしたんだけれど、出所が分からないので、と断られたそうよ。それで父は怒って——お金が貰えると思ってたのね、きっと——、これは絶対に守り抜け、と言い付けられた。それが遺言みたいなものだったわねぇ。でも、私は別にそんなにゲーテが好きというわけでもないし——彼は違う神様を信じていたでしょ？——、だけど、あの言葉だけはいいな、と思った。人間の混乱と神の秩序、という牧師先生の言葉を思い出したわ」

「そうですか」

統一はここで、「何故、そのことを予《あらかじ》め義子に伝えずに、わざわざドイツまで呼んだんですか？」とは聞かなかった。そんなことはつゆほども思わなかった。

「ねぇ、トーイチ。アキの作品は素晴らしいわねぇ」とウェーバー氏は言った。

「あなたのお蔭です」

「いえいえ」とウェーバー氏は微笑んだ。「ゲーテの『親和力』に出てくる庭園を再現したものは特に素晴らしかった」

「ほぉ、あいつ、そんなものを？」と統一は言った。

「えぇ、知らなかったの？」とウェーバー氏は目を丸くした。「あなたがプレゼントした本だから、と一番最初に挑戦したそうよ。見せてもらいなさい」

＊

ウェーバー家での晩餐は何とも愉快なものとなった。統一たちはウェーバー氏のYouTube撮影にも立ち会うことができ、義子と徳歌はそれに出演した。翌日は、フランクフルトのゲーテ・ハウスとシュテーデル美術館に寄ってから、アウトバーンに乗り、ゲーテ街道を北上し始めた。
次なる目的地はヴァイマル——統一は二日後の午後に、ヨハンと会うことを約束していた。何かと忙しく、結局国際免許を更新しに行けなかった統一に代わり、運転は綴喜と義子が代わりばんこに担当した。徳歌も留学中に国際免許を取っていたから、統一は「綴喜君、疲れたら、のりに交代してもらって」と声をかけるが、彼は「ちょっと徳歌ちゃんには任せられませんねぇ」と答え、徳歌の怒りを買っていた。車内BGMは『平均律クラヴィーア曲集』。

アイゼナッハのバッハハウスとヴァルトブルク城には義子がどうしても行きたがった。綴喜も、破門されたマルティン・ルターが身を潜め、十週間（！）で新約聖書を訳した部屋はどうしても見ておきたかった。

「やはり物書きとしては凄《すご》みを感じるんだろうね」

すっかり興奮して、ルターが匿《かくま》われた部屋の写真を撮りまくっている綴喜の背を見守りながら、統一は娘に声をかけた。ルターが悪魔にインク壺を投げつけて出来た壁の染みを、観光客が剝がして持って帰った跡であるという窪みを眺めながら、壁は別に欲しくないかな、嵩張《かさば》りそうだし、とか思いながら。徳歌は父の発言ににやにやして、「ねぇパパ。彼、どう？」と尋ねてくる。

「のり、彼の凄さはお前より俺の方が分かってるかもしれないぞ。何ていったって、論文の指導教官なんだ」

「チッチッチ」と徳歌は目を瞑《つぶ》り、逆さの振り子時計みたいに人差し指を振る。「指導したのはパパだけじゃないんだなぁ」

「それどういうこと？」

「怒らない？」

「聞いてから決める」

「じゃ言わない」

「怒らないから、言いなさい」

「あのね、『ヘッセのヘルメス主義』、書いたのは私」と徳歌は言った。統一は「怒らない」と宣言してしまったことを後悔した。頭を抱えたかった。全くどいつもこいつも。

「正確には、私が途中まで書いていたのを彼が読んで、面白いから引き継ぐよ、と言って、あそこまでやってくれたの。私としては思い付くだけ思い付いて投げ出したものを、彼が拾い上げて完成させてくれたの。だから、彼のこと怒らないでね」

「のり。約束しよう」と統一は言った。「もう隠し事はやめようぜ。心臓に悪いから。まだ他にあるなら、今全部言っときなさい」

「えー、それだとつまんないじゃん」徳歌は唇を尖《とが》らせる。

「つまんなくてもいいから。大体、すべてのことはもう言われた。だろ？　今更、隠しても仕方ない」

「でも、パパは驚いたんでしょ？　すべてのことはもう言われた。でも自分で言わなきゃ面白くない」

「はぁ」と統一は肩を落とした。もういい、俺はどうせ、ヴラジーミル。

「大丈夫。安心していい」と徳歌は答えた。「You ain't heard nothin' yet!」


ヨハンたちの住居《すまい》はヴァイマル市内のアパートメントにあって、ディナーに招待されていた。その前に、統一らはゲーテ国立博物館を訪れた。統一は妻と娘と教え子に「この部屋でゲーテは『ファウスト』も『親和力』も書いたんだ」とか、「ここに昔、ダンテの胸像があったはずで」とか説明せずにはいられなかった。「ここで、ゲーテは孫を抱き上げて、エッカーマンにこう声をかけてねぇ」とゲーテになりきって、実演までして。

「すごい、パパ。ここで本当にゲーテと会ったことあるみたいね」と徳歌は笑っていた。

「《西洋文学》の授業も一度、こんな感じでやってみて欲しいです」と綴喜は言った。

統一はふと、《西洋文学》の授業中に突然自分の夢の話をし始める自分のことを思い浮かべ、その余りの滑稽さに苦笑した。しかし、例えば『ファウスト』を無様に演じてみるのも手かも知れない。大体、『ファウスト』は知識人の愚かしさを描いた劇なのだから、それを教授が物々しく解説することほど馬鹿馬鹿しいことはないとも言える。ふと、然のことを思い出した。彼はメフィストフェレスを演じることのできる稀有《けう》な学者であった。あるいは、そもそも彼はファウストに化けたメフィストフェレスだったのかもしれない。

この旅では、然のことをなるべく考えないようにしていた。然の件がどのように進んでいるのか、恐らく自宅のPCにはメールが届いているはずだった。しかし、統一は今はまだ、ヨハンとの再会に集中したかった。

ヨハンたちはアパートメントの前の公園で、統一たちのことを待っているとのことだった。彼とその妻マリーは手を繋ぎながら彼らを待っていて、統一の顔を見つめると、大きく手を振った。恐らく三十年ぶりに再会したヨハンは、頭の髪が根こそぎ無くなっていて、どんな服でも難なく着こなす体型《スタイル》は見る影もなく、眼鏡をかけていたが、間違いなくヨハンであった。

「ああ、何てことだ。トーイチ、君……」ヨハンは、統一を抱き寄せて言った。「老けたなぁ」

「君の方こそ何て様だ」と統一は笑いながら、旧友の肩を叩《たた》く。そして、マリーと握手して言った。

「どうも、トーイチです。こちら、妻のアキコ。娘のノリカ。息子のツヅキ」

ヨハンの部屋は、彼と彼の生徒の作品で埋め尽くされ、彼は最近マリーと自分の競作した絵を統一らに見せた。マリーは元々ヨハンの生徒だったようだ。彼が「トーイチ、教え子と結婚するのはいいぞ」としみじみ言うので、統一が「ゲーテが言ってた？」と尋ねると、彼は「いや、これは俺の人生の結論」とまたしみじみと言った。「そういえば一回目の結婚は誰とだったんだ？」と小声で尋ねると、「俺の美大の先生」と言うので、統一は旧友の若妻に同情せずにいられなかった。

ヨハンは統一の思い出話をし、統一はそんなこと言ったっけなぁ、と思いながらも、それを訳す。徳歌は父が自分の話を他人の話のように語っているのを微笑ましく聞いた。

「一度他言語を媒介させる、というのはいいものね。ゲーテも自分の『ファウスト』をドイツ語では読みたくないけれど、イタリア語では読める、って言ってなかったっけ？」

「フランス語じゃなかった？」と綴喜がごく控えめな（怯《おび》えた？）言い方で訂正する。

「どっちでもいいじゃない。趣旨に合ってるんだから」と徳歌は綴喜の頭を右手で捏《こ》ねながら、急にヨハンを向き、「ねぇ、ヨハンさん。そういえば、『ゲーテはすべてを言った』って本当にドイツ・ジョークなの？」と尋ねた。統一もそれは気になるところだったので、ヨハンに自分の問いとして尋ねた。

「ハハハ、どうかな」とヨハンは笑って、「でも、親爺がよく言ってたから、ヴァイマル人はそうなのかもしれない。あるいは一時期のヴァイマル人はそうだったのかもしれない。何てったって、我らがゲーテだからな。ヴァイマル人は皆、ゲーテの血を引いている、と思い込んでいるくらい」

「それは本当?」と統一は尋ねながら、勿論思い出すのはウェーバー氏のこと。だが、統一はそういう集団妄想を裁く気にはならなかった。ユングですら、自分はゲーテの子孫である、という妄想に縋《すが》ったのだ。

「どうかなぁ」ヨハンは誤魔化す。

「そういう言い方なら、『中国の知恵の言葉』って言うこと、ありますよ」とそこでマリーが英語で言った。「分からない名言は全部、中国に押し付ける」

「あー、なるほど。心象地理!」と徳歌も英語で言う。「日本でもね、『サウジアラビアの諺《ことわざ》』って言い方がある。特定の誰かに押し付けるよりは、いいかもねぇ」

「そんな言い方あるかな?」と綴喜。「あるの!」とまた徳歌に耳をつねられる。それを見ながら統一は、そういえば徳歌がこの旅で自分の手の甲に一切書き込みをいれていないことにふと思い至って、ああなるほど、この娘は彼と一緒にいるときは、その脳内を自分のメモ用紙代わりにしているのだな、と何故か確かな真実を一つ見出す。

「兎も角!」とヨハンは言った。「ゲーテ曰く、俺がすべてを言った。これ以上何も言ってくれるな」

その後、義子は自分の作品の写真をマリーに見せて、打ち解け合った。それに対しマリーも「自分も花が好きだ。子供の頃から花の細密なデッサンを描いていた」ということを示すべく、幼少期から書き溜《た》めている花の図鑑を義子に見せ、それは彼女自身による本当の自己紹介となった。今度は義子の番。今朝方公開されたWeber Channelの自分の出演している動画が彼女の名刺の役割を果たしたようだった。徳歌は明日ヴィッテンベルクに行くという話から、「そういえば、ヤン・コットがどこかで『ヴィッテンベルクのファウストとハムレット』という芝居が書こうと思えばいつでも書けるはず、と言っていたけれど、それを実行に移す人はいないものかねぇ」と綴喜を煽《あお》って、彼が「僕が書く!」と言ったので、皆で囃《はや》す。義子の社交力は才能だ、徳歌は母親からいいところばかり真似《まな》び盗《と》ったと統一は思いながら、ヨハンとは、ゲルハルト・リヒターに関する話で大いに盛り上がる。

統一はヨハンの作品を二つ購入することにしてから、その部屋を出た(ヨハンの方は既に、統一の著作をAmazonで購入してくれていたが、何分日本語が読めないので、ゼンを組むときに頭の上に載せることにしている、と言っていた)。夜のヴァイマルは、クリスマスの夢を伝って、三田の自宅まで地続きで延びているかのように感じられた。

統一はふと、「そういえば、義子、『親和力』の庭を作ったんだって?」と妻に声をかける。彼女の指に触れる。絡ませる。

「ああ、ウェーバーさんが言ってた？」彼女は統一の手を握り返す。

「うん。すごい。今度見せてよ」

「前に見せたけどなぁ」と義子は顰《しか》め面をした。それは、先ほどからずっと徳歌が綴喜に向けているのとそっくり。そういえば、二人はどこだ？　さっきまでいたのだけれど。まぁいいか別に。

「そう？　じゃあ、もう一度見せてよ。帰ったら、やり方を教えてくれ。俺も作りたくなってきた」と統一は言った。

愛はすべてを混淆《こんこう》せず、渾然《こんぜん》となす、とヴァイマルの風が告げている。

Ⅶ

「眠られぬ夜のために」第四夜の放送日。博把《ひろば》家の面々は深夜の二十五時を今か今かと待ち構えていた。四人はそれぞれ、統一《とういち》は原文で、徳歌《のりか》はコールリッジによる英訳で、綴喜《つづき》は鷗外訳で、そして義子《あきこ》は統一の訳本と番組用のテクストを並べて（番組の第一夜目、「シュヴァイツァー博士は毎年復活祭《イースター》の日には『ファウスト』を読んだそうです」と夫が語っているのを聞いた彼女は、初めてこの本を読む気になったのだ）、しかし兎《と》も角《かく》、同じ『ファウスト』を読みながら、リビングで寛容《くつろ》いでいた。時計は綴喜が修理してから、正確な時間を刻んでいた。やがて、開始時刻となり、画面に「博把統一」が登場する。

「いやしかし、『ファスト教養の時代にファウストの教養を！』って煽《あお》り、絶妙にダサいねぇ」TV画面に映った文言を指差し、徳歌は笑う。

「そう？　ダサいいじゃない」と義子は反論しようとして、むしろ肯定している。統一は口にこそ出さないが、内心本気で落ち込んでしまう。件のフレーズは実は彼の自信作。しかし、ここで綴喜が「いや、ダサくないですよ。上手い」とフォローするので、よし合格、娘はくれてやる、とつい時代外れなことを言いそうにもなる。

番組用のテクストはかなり売れているらしい。ドラクロワのリトグラフをコラージュした表紙は本屋に並んでいても見栄えがした。とはいえ、然紀典《しかりのりふみ》の『続神話力』には遠く及ばない。

然の件は日本中を賑わせた。現役の国立大学教授のスキャンダル！……というだけで一大事件に発展するほど、現代社会の言論人への関心が高いわけもなく、「然紀典氏『神話力』における捏造《ねつぞう》と盗用について」は人文学界隈を一時的に激震させはしたものの、負の遺産として封をされ、やがて忘れ去られていくのを待つかのように思われた。しかし、ここで失踪していた然の著作『続神話力』が発表される。そこでは惟神光《いしんひかり》とは然紀典その人である、ということが明かされていた。

これには普段は離乳食しか受け付けないマスコミも食い付いた。「第二のソーカル事件」という的外れな惹句《じやつく》で、その事件は大々的に報じられた。統一も全国紙の朝刊の文化面で然の主張を読んだくらいである。

「私は学問を破壊したいのでもなければ、告発したいのでもなく、むしろ容認したいのです。私は学問というのは失敗と間違いの連続である、と思う。失敗と間違いこそ、多様性の根幹にあるものだと思う。神話や言語の多様性は、失敗と間違いです。しかし、この時代に間違えることは難しい。だから、私が盛大に失敗してあげました。失敗している最中は、確かに仲間に対して申し訳なかった。けれど、彼らは分かってくれます。私は私が『神話力』で書いた力を実行したに過ぎません」。こんなことを書かれたら、分かってやるほかない。

勿論、これらの何とも然的な悪戯《いたずら》を受け、大学の中で概《おおむ》ね同情的だった人々の中に、支持する者と断罪する者がはっきり分かれて、断罪する者の数が若干優《まさ》ったので、然は正式に教授職を解任されることになったが、統一の肌感覚では、社会的に断罪すべきと主張する陣営の中でもこっそり然の悪戯を痛快に思っている人間は少なからずいた。統一は勿論、擁護派に接近し、「そもそも人文学におけるオリジナルとは何か?」という勉強会に参加したりもしたが、それですぐに何かが変わるわけでもなかった(実際、ある教授が持ち出してきたのは、「影響の不安」という何とも懐かしい言葉であり、統一自身も、ゲーテがオシアンの信憑性《しんぴょうせい》を全く疑わなかったことについて話した)。この件については時が判断する、と統一は考えることにしていた。だからこそ、自分は今、確かだと思う言葉だけ語ろう。そうすれば、それを撤回・訂正することも確かな気持ちでできるだろう。

以来、統一と然は一度も会っていない……ということは全然なく、然は何と統一に早々に重版の決まった『続神話力』の推薦文を書いてほしい、と依頼してきたのだ。その打ち合わせに会えないか、と彼はメールに書いていた。一週間前のことである。場所は「ごった煮」。統一は彼を殴ってしまいそうになったら止めてくれ、と言って（勿論《もちろん》冗談）綴喜を連れて行った。

「やあやあ、ご両人」

店に着くと、然は既にごった煮カクテルを飲んで、陽気に手を振っていた。その隣には何故かK・Mがいる。しかし、統一はひとまずそれには触れず、席に着くや否や、「お前また妙なことをしやがって」と啖呵《たんか》を切った。それを口火とすることは予め《あらかじ》決めていた。しかし、いささか芝居がかっていたか。

「博把先生には迷惑かけた」然は口では言っているが、その顔は何とも得意げで、本当に殴りたくなるほど。「まぁ、一杯」

既に一杯どころか何杯も食わされている統一としては、今更もう一杯付き合うのに異存があろうはずもなかった。ごった煮カクテルを二杯頼み、今回の経緯について、然が語るのを聞いた。大体のところは、統一がメディアを通して、あるいは『続神話力』を通して、知らされていたことの通りだったが、統一は然の饒舌にかつてのような魔力を感じている自分を発見した。「一冊の本を作るために何冊もの本を書くことがどれだけ難儀か分かるかい？　一人の人間が何人もの人間になることは大変なことなんだぜ？」といった言葉にも、もはや自己弁護の色は見えず――彼は例の捏造した書物をすべて実際に書いていたのだった！――、その創作論も快活だった。「ビリティスの歌」のピエール・ルイスによれば、モリエールはコルネイユだし、ディーリア・ベーコンによればシェイクスピアはフランシス・ベーコンだ、綴喜の好きな緑玉板《エメラルド・タブレット》も薔薇十字文書も偽書だ、とQfwfq老人ばりの独演。しかし、そのどれも『続神話力』に書かれていたことではあったので、統一は、一冊の本を仕上げた余熱でこうなるのは仕方ない、と寛大に聴き流してやった。一つだけ知らなかったことがあった。

「しかし、博把先生に伝わっていなかったとはなあ。のりちゃんに言っておいたから、大丈夫だと思ってたんだが」

「はあ」と腑抜けた声が出ている。「何故、のりが出てくる？」

「言われなかった？」

「全然。何も」

「そうか」と然は笑った。

これについては、K・Mが引き取った。

「私、実は徳歌ちゃんと同じ読書会に参加しているんです。あ、綴喜君もね。それで、今回の件について、話し合って、然先生を直撃したんです」

「え、じゃあ、君も？」と統一は綴喜を見遣《みや》る。彼は申し訳なさそうな顔をして、「すみません。徳歌さんが絶対まだ言うな、と」と言った。

それから、統一たちはもう、事件の話はしなかった。それより、然は統一の名言探しの話を聞きたがった。統一は「結局、あの言葉はゲーテの言葉であるという確証は持てなかった」と、ウェーバー氏のことを語った。然は頷《うなず》きつつ、「でも、いいじゃないか？　ゲーテの未発表の書簡、なんて。何でも書いてみなよ。俺の犠牲を無駄にしないように」と言った。

「ごった煮」を出て、然とK・Mは同じ方向へ帰るとのことだった。二人の関係について、結局統一は聞き出すことができなかった。ヨハンの「トーイチ、教え子と結婚するのはいいぞ」という言葉を思い出すが、まさか、そんなはずはない、と振り払う。

「そういえば、惟神光というのは？」と別れる間際になって、統一は尋ねた。

「ああ」と然はよくぞ気付いたと言わんばかりの微笑みを浮かべ、言った。「あれはね、ユーモアのない然紀典」

「俺は好きだよ、彼」

「俺もだ、今後の著作はすべて彼との共作にしたい」

番組は終わりに近付いた。統一は段々と浮《う》き憂《う》きしてきた。そして、ついにTVの中の自分が喋《しゃべ》り出した。

「ファウストは彼の成し遂げてきたすべてのことを見るために、自らの世界把握の障害となる菩《ぼ》提樹《だいじゅ》を取り除こうとします。しかしそれによって、結局彼の世界はすべてではなくなってしまったんですね」

なるほど、中々上手に編集してくれたものだ。それに対する、O・Kとアナウンサーの頷くカットが挟み込まれる。

「ある意味、彼は自分の『自己中心性』をその限界も含めて（『自己中心性』『限界』とテロップが表示される）、認めていたんじゃないか。その上で、すべての人があるがままに話している世界を『ファウスト』という作品に圧縮して、これはどうにも救い難い馬鹿げた代物だけど、そこに愛という帯を巻いた。彼は実際、こうも言ってるんですね。『愛はすべてを混淆《こんこう》せず、渾然《こんぜん》となす』」

「あー、言った！」と徳歌はサッカーの代表戦のゴールが決まった時のようにはしゃいだ。

「イケイケー」

統一は、自分の言葉を決して信じ切れていない男の語る言葉を聞きながら、その言葉を信じてやることができた。何故なら、その言葉は本当だったからだ。よしんば、善い言葉とはすべて演技だとしても、だからといって、そこに意味がないということではない。それは何度も訓練し、口に慣らしていく中で自然さを獲得し、やがてその意味が開示されるだろう。そう信じるとすれば、言葉はどれも未来へ投げかけられた祈りである。これが今のところ、自分が先生から与えられた公案になしうる解釈の限界だ、と統一は思った。

兎にも角にも、義子がこう言ったので、すべてやがてよし。

「『ファウスト』って面白かったんだねぇ」

1. 本文中に引用されるゲーテ他ドイツ文学からの翻訳は、特筆のない限り、本書の登場人物たち自身によるものであるが、彼らとて見事な翻訳のお手本がなければ途方に暮れていたところであろう。特に、統一の『ファウスト』訳は、手塚富雄氏の訳業に多くを被っている。

2. 本文中に明示されていない引用の出典は以下の通りである。
カール・バルト『クリスマス』宇野元訳、新教出版社、二〇二〇年
エッカーマン『ゲーテとの対話』上・中・下　山下肇訳、岩波文庫、一九六八–六九年
ヴィクトル・ユゴー『クロムウェル・序文　エルナニ』西節夫・杉山正樹訳、潮出版社、二〇〇一年
ガイ・ドイッチャー『言語が違えば、世界も違って見えるわけ』椋田直子訳、インターシフト、二〇一二年
「個人的な大江健三郎」NHK ETV特集、二〇二三年十一月十一日放送

3. この他にも参照した文物は夥しいが、「Tree of Words」の標語「Amicorum communia omnia」が私を勇気付けてくれる。その意味は「すべてのものは共有である」。

装丁　大島依提亜
画像提供：アフロ（Heritage Image, Science Photo Library）

初出
「小説トリッパー」二〇二四年秋季号

鈴木結生（すずき・ゆうい）
二〇〇一年福岡県生まれ。二〇二四年、「人にはどれほどの本がいるか」で第十回林芙美子文学賞佳作を受賞。本作がデビュー作。

ゲーテはすべてを言《い》った

二〇二五年一月三十日　第一刷発行
二〇二五年六月　十　日　第六刷発行

著　者　鈴木結生
発行者　宇都宮健太朗
発行所　朝日新聞出版
〒一〇四‐八〇一一　東京都中央区築地五‐三‐二
電話　〇三‐五五四一‐八八三二（編集）
〇三‐五五四〇‐七七九三（販売）

印刷製本　中央精版印刷株式会社

ISBN978-4-02-252039-5
定価はカバーに表示してあります